O ÚLTIMO DIA DO AMOR

LIVRO VENCEDOR
PRÊMIO CAIO FERNANDO ABREU
FESTIVAL MIX BRASIL 2021

Brunow Camman

O último dia do amor

REFORMATÓRIO

Copyright © 2022 Brunow Camman
O último dia do amor © Editora Reformatório

Editor
Marcelo Nocelli

Revisão
Natália Souza

Imagem de capa
Colagem de Brunow Camman

Design e editoração eletrônica
Negrito Produção Editorial

Dados Internacionais de Catalogação na Publicação (cip)
Bibliotecária Juliana Farias Motta (crb 7/5880)

Camman, Brunow
   O último dia do amor / Brunow Camman. – São Paulo: Reformatório,
2022.
   188 p.: 14 x 21 cm

   ISBN 978-65-88091-69-2
   Vencedor do Prêmio Caio Fernando Abreu 2021

   1. Romance brasileiro. 1. Título.

C184u   CDD B869.3

Índices para catálogo sistemático:
1. Romance brasileiro

Todos os direitos desta edição reservados à:

Editora Reformatório
www.reformatorio.com.br

I

Diferente de sua mãe, Miguel sempre prestou atenção em sinais e coincidências. Quando sonhou com a casa onde passou sua infância, sabia que estava prestes a receber más notícias. Enquanto passa um café, pensa se não exagera ao lembrar mais das experiências ruins da infância ao invés das boas. Mas as ruins são mais recentes.

Calça os sapatos encostados na parede do lado de fora, faz uma rápida caminhada para respirar um pouco de ar puro. Uma mania adquirida recentemente, de ir até o portão logo cedo, pegar um sol. Uma vantagem de morar isolado é que não se importava mais de ser visto de pijama fora de casa. Volta logo para dentro, ainda pensando na rua da antiga casa, onde brincava com sua irmã e a outras crianças. Sua mãe gritando na janela, avisando do almoço. Sabe que já não moram mais lá, ela e a irmã, acha que saíram logo depois que o pai morreu. Rafaela já estava casada, e talvez a mãe tenha ido junto.

Tenta não pensar muito nelas. Mas também não tem muito no que pensar depois de quatro meses sem emprego. A chácara era seu sonho, sempre foi, ainda mais morando com Reynaldo. Só que passar todos os dias

O ÚLTIMO DIA DO AMOR 5

ali, sem companhia, só esperando o marido chegar em casa, estava cada vez mais difícil. O isolamento aliado ao sonho mantém frescos os sentimentos que vinha evitando há tempos. Como um mau sinal.

Escuta Reynaldo levantar, saindo do banheiro, e começa a tirar as coisas da geladeira, geleia e margarina, queijo e presunto. Reynaldo o beija, abraçando-o pela cintura, seu corpo alto e forte quase envolvendo o marido, mais baixo que ele. Passa a mão pelos cabelos lisos de Miguel, senta e se serve de café.

— Você sonhou, hoje, não sonhou?

— Eu? Não, nada.

Ele sempre sabia quando Miguel havia sonhado. Reynaldo não acreditava em coincidências, e talvez acreditasse em conexões entre as pessoas, mas dizia que não, para provocá-lo. O fato de saber quando o marido tivera um sonho era, para um deles, a comprovação de algo misterioso e poderoso no universo, e para o outro, só uma atenção a mais aos pequenos detalhes que passam despercebidos pelas pessoas que os cometem.

— Foi com o entregador de gás, é isso? Por isso você não que contar? — Provoca, brincando. Reynaldo sabe que, não importa quantas vezes eles saiam para a cidade, em shoppings e cinemas e baladas e qualquer lugar de Curitiba que contraste com o espaço aberto e silencioso onde vivem, nada disso tranquiliza Miguel.

Miguel precisa voltar a trabalhar. Mas depois de ter sido demitido por ter uma "moral contraditória com a boa índole" do único grupo de comunicação que sobrou na cidade, não tinha para onde correr. Os poucos sites e redes sociais que ainda se mantinham não o contratariam; todos sabiam os motivos de sua demissão.

Dinheiro não era um problema graças a Reynaldo e sua boa posição na agência de publicidade, que dificilmente seria ameaçada. Mas o fato de não existir mais nenhuma lei que obrigasse Miguel a receber pela demissão, isso o incomodava mais do que depender do marido.

Alcançando a cesta de pão, Miguel reparava em como sua posição era mais ameaçada do que a de Reynaldo. Sua mão delicada se movia mais lentamente do que as grandes e rígidas mãos do esposo, decidido. Era mais afeminado. Não gostava dessa palavra, mas era isso. Reynaldo incomodava menos do que Miguel. Os dois eram assumidos da mesma maneira, há quase dois anos vivendo juntos. Mas as pessoas só se surpreendiam com a revelação de um deles.

Não era algo que Miguel achava importante. Até perder o emprego. Não levava tão a sério as investidas de políticos construindo carreiras falando de "um retorno à moral e aos bons costumes" e coisas do gênero. O levante religioso, em especial no Sul, o deixara preocupado, mas não acreditou que chegariam a ter maioria em nenhuma esfera. Criticava, como boa parte de seus amigos, em conversas de bar, antes de voltar pra casa e deixar isso de lado.

Percebe, hoje, que muito desse afastamento se dava pela proximidade. Por ver a mãe seguir cegamente a tal da nova igreja, ainda mais radical do que qualquer outra que ela tenha frequentado, e ver a Igreja do Último Dia do Amor de Cristo abrir filial atrás de filial. De portas a galpões a palácios. Pressionando vereadores a criarem dias de celebração específicos, derrubando outros. Forçando policiais a abandonar a proteção a eventos contrários a sua fé. Comprando mais ingressos para filmes religiosos do que tendo pessoas para assisti-los, boicotando cinemas que exibissem seus concorrentes "mundanos". Táticas cada vez mais elaboradas, barulhentas.

Um barulho que não parecia chegar à Região Metropolitana. A chácara era o refúgio do casal. Não contavam a ninguém onde moravam, esse era o combinado. Ninguém aparece de surpresa, ninguém pede para ficar, ninguém macula o espaço que foi construído só para eles. Mal os dois sabiam como foram parar ali. Destino, pensava Miguel. Muita sorte, pensava Reynaldo.

A tv continuava desligada. Era uma regra nova da qual Reynaldo não sentiu falta, e nem percebeu a intenção de Miguel. Não tinha a ver com algum tipo de mágoa da profissão. Ele escolhera passar cada momento matinal com o marido. Um pouco por temer o isolamento, não das informações, mas do contato. De não cruzar com pessoas, de não ter o círculo de amigos próximos, ou até das pessoas do trabalho de quem não gostava, mas tinha uma rotina. E essa rotina já não existe.

Decidiu criar uma própria rotina dentro da casa de conversar mais com Reynaldo, deixar de lado as pequenas distrações. E sabia que isso tinha um fundo um pouco egoísta, de aproveitar ao máximo por ser a única pessoa que via em muito tempo. Começou a perceber o quanto sentia falta de conversar, por mais que fossem papos rasos, mas dividir com alguém algum pensamento.

E, no fim das contas, era Reynaldo a pessoa que mais amava na vida. Era com ele que dividiria seus pensamentos, seus sentimentos, e ter um momento da manhã em que podiam aproveitar melhor juntos não era nenhum problema, pelo contrário. Era uma mudança sutil que deixava aquelas horas mais agradáveis.

Reynaldo percebera, sim, que a TV permanecia desligada há um mês durante o café. E imaginava ser por Miguel querer se afastar das notícias, do jornalismo, não era um momento fácil, e ele queria dar o suporte da melhor maneira possível. Nesse caso, não mencionando ou tentando conectar todas as mudanças da vida dos dois ao desemprego do marido. Aprendera que, mesmo que na maioria das vezes Miguel gostasse de conversar e deixar tudo às claras, em certas ocasiões o melhor era apenas ficar ao seu lado, sem insistir para que o outro falasse alguma coisa. Ainda lembra como foram as semanas seguintes à morte do pai de Miguel.

— Algum contato no e-mail do blog? — Reynaldo pergunta, já próximo de terminar de comer, ainda evitando perguntar o que tinha deixado Miguel com ar distraído, se tinha sonhado com algo ruim.

— Depois do cara que pediu ajuda pra seguir pro Uruguai? Não — Miguel comenta. Queria ter certeza de que Reynaldo ainda apoiava a ideia de deixar um estranho ficar com eles, mesmo que apenas por um dia e instalado no casebre fora da casa principal. Era uma ideia boa, ele achava, e queria se sentir fazendo algo de bom.

Reynaldo não queria deixar de apoiar as boas ações de Miguel. Não achava uma boa ideia, mas também se sentia mal por não fazer nada. Sabia que a situação do país, se estava ruim para os dois, estava ainda pior para muitas pessoas. Miguel dissera que era algum tipo de representante de um movimento de apoio a brasileiros que sofriam com as mudanças políticas religiosas recentes. Muitos passaram pelo que Miguel passara, e Reynaldo tinha medo de ser o próximo. Já não falava do marido para as pessoas do trabalho, no máximo para um ou outro amigo que também estava com medo e não tinha com quem dividir os anseios do momento.

— Ele vem essa semana? Mas ele chega à noite e vai embora logo, certo? Você não vai ficar sozinho com ele aqui...

— Está com ciúmes? — Miguel comentou rindo, o que fez Reynaldo rir também, ao invés de admitir que seu medo era pela segurança do marido. Ciúmes era algo que não tinham há muito tempo. Qualquer olhar estranho em público não se tornava ciúmes, se tornava medo. — Eu acho que seria até uma boa oportunidade de conversar com ele e fazer uma matéria para o blog, sabe.

Há menos de um mês, com uma ideia de Reynaldo, Miguel criara um blog no qual denunciava atitudes extremistas, fosse do governo, fosse das pessoas, de qualquer instituição. Queria evidenciar o retrocesso dos últimos anos e fazer serem ouvidas as vozes silenciadas. Não sabia muito bem como começar ou como fazer isso sozinho. Mas o primeiro passo, que era abrir um blog com um canal direto para receber informações, fizera. Teve que garantir um IP irrastreável, pois sabia que poderia ser achado com facilidade.

Muitos que tentavam ainda usar as redes sociais para comentar casos de pessoas sendo expulsas de suas famílias, de seus empregos, violentadas dentro e fora de casa por não seguirem o esperado pelos fundamentalistas, tiveram suas contas deletadas. Quando era mais importante fazer essas denúncias, mais difícil havia se tornado. Nem mesmo a nota da Organização das Nações Unidas repudiando a situação atual do país havia sido veiculada pelos meios tradicionais, e o pouco que foi compartilhado nas redes sociais desapareceu em poucas horas.

Havia nos dois, especialmente em Miguel que passava mais tempo pensando nisso em casa do que Reynaldo durante o trabalho, uma vontade de fazer alguma coisa.

Passeatas só garantiriam prisões, exposição gratuita em redes sociais só geraria perseguição. O sentimento geral era de impotência.

Sabiam de um casal de amigas que conseguiu sair do país. Pintaram o cabelo da mesma cor e conseguiram identidades falsas que mostravam as duas como irmãs. Inventaram uma história de que a mãe doente as esperava na Argentina. Mesmo assim, só conseguiram sair pagando propina. Havia uma diretriz não oficial de que mulheres sozinhas não poderiam sair do país por "questões de segurança". Precisavam ser acompanhadas por algum familiar homem.

Não tinham certeza dessa informação até a tentativa das duas. Eram rumores que não conseguiam confirmar. Por não estarem perto de fronteiras, apenas ouviam notícias do gênero, à boca pequena. Foi só um e-mail que as amigas mandaram quase um mês depois da última vez que se viram é que confirmou a história.

Miguel queria contar esse caso em seu blog, mas não podia. Havia o medo de causar problemas nas relações do Brasil com a Argentina e, pior ainda o medo de prejudicar as mulheres. Já se via notas na imprensa sobre um acordo para reencaminhar ao Brasil pessoas consideradas fugitivas. Era preciso muito tempo de isolamento para que ninguém sentisse sua falta a ponto de denunciar um desaparecimento.

E não precisava muito para fazer denúncias. Bastava ligar para a polícia. Era possível fazer busca sem mandado em diversos casos, especialmente com denúncias de que a pessoa poderia tentar fugir para outro país.

Reynaldo foi se arrumar enquanto Miguel lavava a louça, deixando a cozinha arrumada. Vestiu a roupa e foi mexer no celular, por hábito, e viu mensagens no grupo do trabalho. Eram muitas, que ele queria ler desde o começo para entender tudo, mas seus olhos passavam por palavras como "tiros" e "tanques nas ruas". Começou a ficar preocupado.

Foi até a cozinha ficar do lado de Miguel enquanto tentava organizar uma ordem que fizesse sentido nas mensagens desconexas. Seu chefe comentou que a rua da empresa estava fechada por um grupo do exército, enquanto muitos colegas que moravam no Centro relatavam coisas parecidas. Nos jornais ainda não se tinham notícias.

— Amor, tem algo muito estranho acontecendo — foi o que conseguiu dizer. Passou o celular para Miguel, que começou a ler com rapidez e espanto.

Ligou a TV e o programa matinal de culinária nem havia sido interrompido, o que poderia significar uma pegadinha do pessoal do trabalho de Reynaldo. Mas não fazia sentido. Eles não eram esse tipo de grupo, mal faziam happy hour. E uma pegadinha não valeria um dia de folga, ainda mais do chefe controlador de Reynaldo. Miguel só não queria acreditar.

Precisava de mais informações. Precisava saber o que estava acontecendo e o que aquilo significava. Não queria ter nenhuma conclusão precipitada. No momento, tudo o que sabiam era que não teria como Reynaldo ir para o trabalho.

Sentaram-se no sofá, esperando que algo mudasse na televisão. Algum informe urgente, qualquer notícia que fosse. Assistiam uma mulher preparando um prato qualquer, mas nem prestavam atenção no passo a passo, muito menos nos ingredientes. Esperavam impacientes.

Quase não ouviram a chegada de um carro pela estrada de terra. Miguel tem a impressão de ouvir algo quando os pneus de uma caminhonete abrem passagem entre as pedras que formam o caminho do portão até a casa. Vai à janela para ver sua irmã sair do veículo e abrir o portão devagar, olhando em direção a casa. O carro vai entrando sem a menor cerimônia, o que o deixa enfurecido.

— Merda!

— O que foi? — Reynaldo pergunta, olhando pela janela também.

— É a minha família. Vai buscar a arma. — Reynaldo dá uma risada nervosa, e Miguel diz: — Não estou brincando, eu não quero essa gente aqui!

— Miguel, por favor...

— Eu não quero saber! Não vou receber ninguém. Eles não merecem minha atenção.

— Algo sério pode ter acontecido...

— Não me importo. Ninguém se importou comigo, eu não devo nada a eles.

— Você é melhor do que eles. Escute sua mãe, pelo menos.

Miguel se sentia pressionado quando Reynaldo dizia coisas como "você é melhor do que isso". Via-se forçado a tomar decisões mais pacíficas, a não pensar com raiva, a ignorar o desejo de vingança ou coisa que o valha. Respirou fundo e decidiu "ser melhor do que eles". Abriu a porta enquanto a caminhonete estacionava ao lado do carro de Reynaldo.

— Vai pra dentro, Rey, deixa que eu falo com eles primeiro. — Conhecendo bem a mãe, sabia que havia a possibilidade dela ir entrando sem ao menos falar com ele, se instalar por lá e ainda reclamar.

Um homem que deveria ser o marido da irmã o encarava do banco do motorista enquanto sua mãe descia. Ela havia mudado pouco. Era uma figura baixa, que andava como se carregasse um peso nas costas do corpo rechonchudo. O cabelo loiro que passava dos ombros parecia um pouco mais claro, talvez os fios brancos que estavam mais destacados. Os olhos desaprovadores, mirando, azuis, direto para Miguel, que estava um pouco mais feliz de não ser parecido com ela, de ter puxado o pai na altura mediana, nos cabelos um pouco mais escuros, nos olhos castanhos. A irmã, que ainda evita olhar pra ele, conseguiu um caminhar menos desengonçado do que a mãe agora que está com seus quase 30 anos. O cabelo é um pouco mais escuro que o da mãe e cai em ondas, cobrindo as costas. Miguel não admitiria, mas ela está mais bonita.

Aquele homem sai do carro e Miguel percebe que é quase tão alto e forte quanto Reynaldo. Loiro e tão branco quanto sua irmã. Desconfia que a cara amarrada não seja apenas por causa da claridade do dia. O homem abre as portas traseiras da caminhonete e começa a tirar coisas, sacolas e mochilas.

— Oi Miguel — sua mãe diz, bem seca, se tivesse alguma emoção na voz, era algo negativo. — Você já soube o que aconteceu na cidade?

— Eu ouvi por cima, estávamos com a tv ligada esperando alguma notícia.

— Pois é. Alguma revolta... É difícil explicar...

— Comece explicando o que você faz aqui e como me achou.

— O Antônio é tenente do Exército.

— Quem é o Antônio? — Miguel pergunta rápido, mal dá espaço para ela pensar. Nisso, Antônio chega à porta e fala grosseiro:

— Com licença.

— Com licença nada, que eu não autorizei nenhum de vocês a entrar aqui!

Antônio fica nervoso e larga as mochilas no chão; a mãe de Miguel coloca a mão sobre o peito do genro:

— Calma, eu estava explicando pra ele... Nossa rua está muito próxima de uma zona que daqui a pouco vai ser tomada pelo Exército, Miguel.

— Mas por quê?

— Deixa a gente entrar e te explicamos.

Rafaela chega até a porta e olha Miguel com um olhar de súplica. É o único motivo para que deixe os três entrarem. Antônio passa por ele encarando, a mãe nem o olha, e a irmã baixa o rosto, quando Miguel estava esperando ao menos um abraço que não viria.

Entram todos e se deparam com Reynaldo no corredor que divide a sala e a cozinha dos quartos e banheiro. Miguel fecha a porta, mas não escuta um único "oi" para seu marido, que deixa ecoar pela casa seu cumprimento solitário.

Miguel vê a mãe tirando os olhos de Reynaldo e mirando nele, o desprezo ainda maior do que quando viu o filho na entrada. Por ela ter achado a casa, já esperava que a mãe soubesse que estava casado. Mas com certeza ela não esperava que fosse com um homem negro.

Quando era criança, Miguel reparava no olhar julgador que a mãe lançava a vizinhos ou qualquer pessoa que se demorasse em seu portão. Era uma mulher de muitas faces de desprezo, e ao longo dos anos o filho sabia interpretar a mãe como ninguém. E ainda que ela não falasse, Miguel entendia um preconceito da mãe com as pessoas do bairro. Como ela o forçava a brincar com outras crianças quando o via correndo com os filhos da Dona Ivonete. Eles não são como você, ela dizia, segurando com uma firmeza desnecessária em seu braço.

O ÚLTIMO DIA DO AMOR 17

A mãe não falaria nada, com certeza, ainda mais precisando dele, como já imaginava que ela precisaria. Mas aquele olhar já tinha dito tudo.

Quem controlava um pouco a mãe era o pai de Miguel, era a ele que o filho creditava o fato de não terem crescido tão preconceituosos quanto a mãe poderia tê-los tornado. Ainda assim, foram alguns anos reaprendendo a lidar com ideias pré-concebidas. A dor no braço demorou anos para sumir, aquela pressão fantasma dos dedos da mãe toda vez que se via relacionando com pessoas que não fossem tão brancas e tão cristãs quanto ele.

Ainda que Reynaldo tivesse por muitas vezes conversado com ele sobre racismo, não tinha revelado essas lembranças da mãe. Até porque tudo o que mais queria depois de conhecer Reynaldo era apagar da memória as deturpadas relações familiares que tinha.

— Reynaldo é tão dono dessa casa quanto eu — Miguel pontuou, fazendo todos olharem direto para o marido e apenas sua irmã fazer um aceno com a cabeça. - Essa é Berenice, minha mãe, Rafaela, minha irmã, e não faço a menor ideia de quem é esse...

— Eu já disse que o Antônio é marido da sua irmã, Miguel, não tem motivo pra você ser mal-educado.

Foi só depois de ser mencionado pela sogra que Antônio decidiu estender a mão e cumprimentar Reynaldo. Apertou a mão do outro com firmeza, surpreendendo o outro. Não pela força, mas pela indelicadeza.

Antônio era o tipo de homem que queria sempre se provar dominante onde quer que estivesse, Reynaldo logo percebeu. Tivera uma impressão ruim logo de cara, e não conseguiu relaxar nem quando Antônio lhe dera as costas para voltar à caminhonete. Era como observar um eco do pai, intolerante, cabeça-dura, com a necessidade de se firmar, de comandar conversas e ditar a vida da família. Achava, muitas vezes, que foi o jeito bruto do pai que o tinha preparado, da pior maneira, para os momentos difíceis de enfrentamento. Pensando na infância, Reynaldo queria ter sido um pouco mais mimado, tratado com um pouco mais de carinho. Queria admirar o pai, e nunca conseguiu.

Hoje, Reynaldo só tinha sua irmã com quem se preocupar. Maryela tinha ido para o Canadá anos atrás. Se estabelecera profissionalmente como arquiteta, já estava até casada. Insistira muitas vezes para que ele fosse para lá também, ainda mais a cada notícia que via nos jornais sobre o Brasil. Decisões judiciais que desfavoreciam a população LGBTQ+, de anulações de casamentos a desmantelamento de ONGS.

Reynaldo tentava acalmá-la, dizia que aquilo ia passar, que passeatas e manifestações e abaixo-assinados e apoio popular já estavam sendo organizados. Mas estes também foram diminuindo, sofrendo repressão policial. Ativistas eram presos por motivos absurdos, a criminalização de manifestações populares foi se tornando hábito. Os candidatos à presidência das últimas eleições não apoiavam diretamente nenhum movimento LGBTQ+ e a maioria tinha propostas favoráveis às crescentes religiões fundamentalistas, ou que barravam o avanço social de outros grupos, o que já era o suficiente para os seguidores fervorosos.

Não se arrependia de não ter ido com a irmã, apenas porque foi nesse período que conheceu Miguel. Nunca tinha amado ninguém como Miguel, essa era a verdade. E poder casar com ele foi a melhor coisa que aconteceu com Reynaldo. "Casar" era um modo de falar. Não sentiam seu amor nem um pouco menor por causa de um punhado de papéis. Mas não eram casados de fato. Os cartórios já não aceitavam mais pedidos de casamento entre casais homoafetivos e uma nova lei os protegia dessa decisão. Sabiam que um cartório em Salvador ainda aceitava, mas era um documento que, ainda que nacional, era esnobado nos estados sulistas.

Reynaldo tinha medo de entrar com o pedido de casamento, e este ser negado e ainda por cima exposto no trabalho. Além do mais não se importava com isso, só queria viver com o marido em paz, e finalmente ser mimado como queria desde novo. Acordar com o cheiro de café fresco feito pelo homem que amava era tudo o que precisava. Mas algumas vezes se percebia repensando sua decisão de ficar no Brasil. Amava o país e achava errado simplesmente abandonar sua terra, e Miguel dividia essa ideia. Mas eram dias como este que o faziam repensar. E a maneira como aquelas pessoas entravam na sua casa e o olhavam com surpresa, desprezo e arrogância só lhe davam a certeza de que deveria conversar com Miguel de uma vez por todas sobre irem embora.

Berenice já tinha se sentado à mesa, como se fosse convidada esperando um café ser posto à mesa. Antônio carregava mais sacolas que deixava na sala, enquanto Rafaela olhava o marido ir e voltar, evitando participar de qualquer conversa ou não conversa que acontecia entre a mãe e seu irmão. Um braço esticado ao longo do corpo, a mão esquerda coberta por uma luva tom de pele roçando o cotovelo. Uma pose quase infantil de uma criança que foi pega fazendo algo de errado, que não podia negar, mas ainda esperava que seu erro fosse ignorado.

— Você deve ter visto o Pastor Timóteo, desde que virou Governador de São Paulo, falando sobre uma mudança que o Brasil precisa, não viu, Miguel? — Berenice falava olhando para o filho.

— Vi, vi sim.

— Pois ele estava defendendo uma nação que seguisse a palavra da Igreja.

— Mas não de qualquer igreja, não é? Só a dele...

— A minha também, Miguel, então cuidado com o que você vai falar da Igreja do Último Dia do Amor de Cristo — a mãe rapidamente o interrompeu. — Pois ele sabe que há muitos infiéis nesse país. E ele veio com uma... proposta. Ele é um homem da fé e graças a Deus é seguido por muita gente de bem. Pois ele vinha falando sobre a importância de um país que seguisse à risca o Evangelho.

— Sim, se aliando com grupos separatistas do Sul, o que é um crime, aliás... — Reynaldo comenta, não conseguindo mais se manter calado. Queria ter ficado calado, e pelo menos não deixara Antônio o escutar, pois imaginou o conflito que isso geraria.

— Pois não deveria. Ele guiou muita gente, inclusive muita gente de fé no Exército, a ajudá-lo na tomada de uma nova terra, de um país temente a Deus.

— Você só pode estar brincando! — Falou Miguel, assustado, olhando para Reynaldo, que vinha em direção à mesa.

— É isso, Miguel. E é para ser um ato coletivo em várias cidades. E como está acontecendo com apoio de parte do Exército, qualquer região perto de quartel, como a nossa casa, é considerada dentro da zona de perigo. Muita gente está decidida quanto a essa separação, Miguel. Só não estamos lá por motivo de segurança.

— Ah, claro que vocês apoiam essa baboseira...

— Não é baboseira! — Antônio fala alto com sua voz mais grossa do que antes. — É um pedido do povo de fé por um país que respeite nosso chamado! Que siga o Evangelho!

— Vocês são malucos! — Miguel diz, em tom desafiador, de chacota. Antônio avança em sua direção, se contendo ao chamado de Rafaela, transformando o que parecia ser um soco em um estrondoso tapa na mesa.

— Você largou sua fé e virou as costas pra Deus! Isso é problema seu! Mas tem muita gente de bem nesse país que cansou de ter que ficar calado por causa da tua laia.

— Se estão querendo dividir o país, não parece ser tanta gente assim.

— Os infiéis que se retirem. É um caminho sem volta. Não é bonito, não vai ser simples, mas é o que o povo de Deus quer — Antônio fala com convicção. Reynaldo não quer fazer parte de discussões familiares, mas como a conversa já saiu da esfera familiar há tempos, levanta e se posiciona atrás de Miguel, suas mãos como garras no apoio da cadeira, preparadas para qualquer avanço de Antônio sobre seu marido.

— Então vocês estão aqui por quê? Vão lá lutar por essa idiotice...

— Como eu já falei, Miguel — Berenice levanta a voz — nossa casa está em um espaço perigoso, que pode virar zona de conflito. Precisamos passar alguns dias aqui, até tudo se resolver.

— Eu achei que você estava maluca em apoiar uma coisa dessas, mas com certeza endoidou de vez se acha que vai ficar na minha casa.

— Veja bem, Miguel, ainda sou sua mãe — ela baixava o tom de voz. — Eu, sua irmã e seu cunhado precisamos de um lugar seguro. Não podemos ficar lá. Os próximos dias podem ser bem complicados. São só alguns dias.

— Você me expulsou de casa! — Miguel explodiu em um grito que assustou a irmã e deixou Antônio em alerta. O genro se continha em claro respeito à sogra, e sabia que dependia dela conter o filho para que conseguissem o tão desejado pouso. — Você me xingou das coisas mais baixas possíveis e me deixou na rua sem nem me desejar boa sorte! E agora vem aqui na maior cara de pau pedindo pra ficar na minha casa? No meu espaço, com meu marido?

— Companheiro — Antônio falou, incapaz de se conter. — Vocês não são um casal.

— Se você tem alguma esperança de ficar nessa casa — Reynaldo levantou a voz — você vai me respeitar e respeitar meu marido.

Antônio recuou, percebendo que podia até se meter com Miguel, que o dominaria com facilidade, mas que dificilmente passaria por Reynaldo. Era melhor confiar na esposa e na sogra.

— Essa casa tem uma... dinâmica da qual não acho que vocês poderão fazer parte — Reynaldo tentou da maneira mais educada possível situar a família do marido em suas condições. — No mínimo, vão precisar mostrar todo o respeito que não mostraram antes ao Miguel. Essa casa é nossa, e não vou deixar nenhum de vocês atacar o Miguel ou nossa vida.

Miguel parecia ainda mais decidido do que ele:

— Eles não vão precisar se adaptar a nada, Reynaldo, eles já estão indo embora.

— Por favor, meu filho — Berenice falou ainda mais calma do que antes. — Você sabe que não tinha como vivermos juntos naquela casa. Ainda assim, você passou muitos anos dos quais cuidei de você, te dei um lar e te alimentei.

— O mínimo que você deveria fazer como mãe. Mas seu amor não era só condicional, era dominador, destruidor!

— Miguel, meu filho — a mãe disse, mais uma vez. Reynaldo percebia cada palavra bem escolhida nessa conversa, observando como Berenice era mesmo a mulher controladora que seu marido sempre dissera. — Não é hora de remoer o passado. Eu sei que te magoei, você bem sabe como me magoou com suas escolhas também. Estou aqui pedindo um favor, em nome de seu falecido pai, por mim, sua mãe, e pela sua irmã — disse a mãe olhando para a filha, que se adiantou.

— Irmão, todos tivemos nossas diferenças. Mas estamos aqui, agora, pedindo sua ajuda. A gente sabe que não parece justo, mas é por uns dias. Não vamos mudar a rotina da sua casa, não vamos nos intrometer. Só precisamos ficar aqui por uns dias.

— Vocês não merecem nem um pingo da minha hospitalidade - Miguel diz, com menos convicção do que antes, as palavras saindo mais fracas de sua garganta, que parece gasta e cansada de ter berrado, ainda travada com tantos sentimentos que queria externar.

— Não, talvez não mereçamos — Rafaela diz, se aproximando — mas precisamos. Você é nossa esperança. Até esperarmos isso tudo passar. São só alguns dias. Ficamos do outro lado da casa, se você tiver mais quartos separados, ou aqui na sala. Até mesmo naquele casebre lá atrás, onde você quiser nos aceitar. Só nos aceite. Pelos tempos que vivemos em paz, por favor.

Berenice percebera no olhar de Miguel a pequena chance de mudança, lançando mais um olhar para a filha. Rafaela se vira para Reynaldo:

— Desculpe por essa intromissão. A gente sabe que isso vai ser um incômodo, e vamos fazer o melhor para não interferir. O que vocês disserem de regras da casa, vamos respeitar. Se não fosse uma necessidade tão grande, não pediríamos.

Reynaldo não tinha intenção de ajudar. Do pouco que Miguel falara da família, não gostava nem um pouco deles. Sabia como o marido se sentia em relação à irmã mais nova, com ânsia de proteção e lamento por ela ter crescido parecida com a mãe, por ter seguido Berenice na Igreja do Último Dia do Amor de Cristo. De como Rafaela, sabendo da sexualidade do irmão, o tentou convencer a mudar.

E sabia que era a súplica de Rafaela, e não de Berenice, que o faria mudar de ideia. A mãe, era capaz de Miguel expulsar dali. Mas a irmã, não. E a mãe fora mais do que esperta em começar o pedido pela estada para logo depois mandar a filha, mais calma, mais frágil, mais precisada do irmão do que nunca, para convencê-lo.

Esperando que Miguel se levantasse e pedisse para conversar com ele, Reynaldo se afastou da cadeira, virando para a TV. Um chamado urgente mostrava um tanque de guerra no centro da cidade. Aumentou o volume, chamando a atenção de todos para a notícia. O jornalista parecia ter menos informações do que Berenice, relatando apenas o que estava acontecendo nas ruas, sem envolver o nome de Timóteo Santos, mas revelando um ato político separatista que pegara boa parte do Exército nacional de surpresa. Ao que parece, o ato dividiu comandantes, alguns contra, apenas aguardando diretrizes nacionais para saber como agir. Os dissidentes, já organizados, se preparavam para represálias e tomaram três prédios do Exército em Curitiba.

Entre as imagens na TV, mostraram justamente a casa onde hoje moravam Berenice, Antônio e Rafaela. Os três suspiraram alto ao ver a rua tomada, chocados:

— Ali, viu aquela casa? — A mãe dizia. — É a nossa casa! É onde moramos, meu filho, estaríamos no meio de uma zona de guerra agora! Só você pode nos ajudar.

As imagens deixaram os três alvoroçados, por um momento mostrando uma vulnerabilidade legítima. Berenice como que perdeu a máscara de manipuladora, preocupada com sua casa. Isso sensibilizou até Reynaldo, que não a conhecia.

Miguel trocou olhares com o marido, sem saber o que fazer. Levara anos até perder o apreço que tinha por aquelas pessoas, que agora estavam ali, frágeis, perdidas, dependentes de uma compaixão que não tiveram com ele.

— Eu vou conversar com Reynaldo, fiquem aqui.

Foram em direção ao quarto.

Miguel já estava desarmado, como se de repente tivesse esquecido tudo o que disse e o que ainda não tivera a chance de dizer para a família. Reynaldo sabia exatamente o momento em que a decisão já havia sido tomada pelo marido, quando vira a mãe preocupada de verdade.

Há algo de poderoso em ver um olhar desesperado no rosto de uma mãe. Um filho é capaz de esquecer desavenças, dor e até ódio quando vê sua mãe sofrer. Reynaldo estava certo disso, e já previa que a discussão terminaria com Miguel pedindo, a contragosto, para que sua família ficasse ali. E estava disposto a aceitar. Também sentira que, ao ver um espaço querido, de tranquilidade para a família ser tornado em caos, os três visitantes indesejados haviam se desarmado do discurso pronto, das atitudes hipócritas que tomavam para poder conseguir o repouso ali. E era terrível ter visto a humanidade naqueles olhos, das pessoas que mal o cumprimentaram minutos antes, que estavam prestes a discutir com ele dentro de sua própria casa.

Estava casado com Miguel e, ainda que não fosse oficial, sabia que era para ser na alegria e na tristeza, na saúde e na doença, na riqueza e na pobreza. E que isso envolvia a dor de Miguel ao rever a família, e que se a família do marido precisasse dele, estaria pronto a ajudar.

— Eu não quero que eles fiquem aqui, Rey. Mas tem algo de errado em negar ajuda à própria mãe que nem eu mesmo sou capaz de cometer...

— Eu entendo, amor, eu entendo.

— Essa gente me causou muita dor, Reynaldo. Minha mãe, principalmente. E esse marido da minha irmã não parece nem um pingo melhor do que minha mãe. O que a gente faz?

— Nada disso é o ideal, amor, a gente sabe disso — Reynaldo dizia, decidido a chamar Miguel de "amor" o máximo de vezes possível enquanto segurava suas mãos, como um mantra para fazer o marido lembrar que eram o amor um do outro. — Eu quero te apoiar no que você decidir. Também não estou confortável com a ideia de receber tua mãe nessa casa. Ainda mais por tempo indefinido. Mas você é melhor do que ela, não se esqueça disso. Vamos ajudá-los agora. O que sua mãe vai fazer com isso, eu não sei. Quem sabe ela repensa um pouco o quão injusta ela foi com você.

— Eu acho lindo que você tenha uma esperança que já morreu pra mim há muito tempo — Miguel quase sorria ao falar com o marido. Pensava no quão sortudo era por ter conhecido Reynaldo, por não estar sozinho. Só sua companhia o ajudaria a suportar os próximos dias.

— Eu vou dar uma semana pra vocês — Miguel diz, parado na frente de Reynaldo, que o abraçava. Berenice lançou um olhar tão penetrante e odioso para Reynaldo, por um breve segundo, que quase o fez se desvencilhar do marido. Mas sabia como era importante ficar do lado de Miguel nesse momento, e soltá-lo o desestruturaria emocionalmente. Eram um casal de toques.

— Obrigado, irmão — Rafaela começou a dizer, interrompida pela mãe.

— Bom, se isso é o melhor que pode fazer por sua mãe, meu filho, nós aceitamos.

— Uma semana e depois, se isso não se resolver, não sei o que vocês podem fazer, mas gostaria que não estivessem mais aqui.

O marido da irmã balbucia:

— Isso é mesquinho...

— Antônio! — Rafaela o cortou, brusca. Voltou ao irmão: — Não esperamos mesmo ficar por aqui mais do que isso. Esperamos que tudo se resolva. Vamos nos ater a ficar em nossos espaços. Você tem quartos a mais, certo?

— Temos um segundo quarto com cama de casal, e um colchão sobressalente — Reynaldo explica. — Vamos precisar pensar em várias coisas, como comida, e temos apenas um banheiro aqui. O chuveiro é elétrico, não podemos deixar ligado muito tempo seguido. Enfim, são várias coisas a serem organizadas.

— Mas o mais importante aqui é que eu quero que me respeitem — Miguel afirma. — Essa é minha casa e de Reynaldo. Qualquer opinião que tenham, guardem pra vocês.

Enquanto Miguel falava, Antônio já pegava as mochilas e ia em direção ao quarto indicado para o lado esquerdo do corredor. Era um quarto de visitas, com um armário e cama de casal. Tinha espaço suficiente para colocar no chão o outro colchão, de solteiro, encostado na parede e prensado pela cama.

— Você podia deixar sua mãe no seu quarto, seria mais respeitoso — Antônio diz, olhando fixo para Miguel.

Reynaldo respondeu:

— Vocês três podem se ajeitar da melhor maneira nesse quarto. São colchões muito bons. E se você quiser, pode dormir no chão e deixar Berenice e Rafaela na cama.

— Não se preocupe, querido — Berenice falou, Reynaldo achou que fosse com ele, mas ela passou direto sem olhá-lo e sorriu para Antônio. — Eu fico bem instalada aqui. Nesse colchãozinho...

— Nós daremos um jeito, a senhora não se preocupe. Eu durmo no chão, o que eu puder fazer pela senhora.

Em algumas das sacolas, eles trouxeram comida. Macarrão, enlatados, algumas frutas e verduras, um pouco de carne. Rafaela tirava as coisas e colocava sobre a mesa da cozinha, como que esperando o irmão aparecer para ajudá-la a mostrar onde tudo poderia ser guardado.

Reynaldo foi até a cozinha. Achou melhor começar a abrir espaço na geladeira para algumas peças de carne. Quer conversar com Rafaela, pelo menos. Se vai ter que falar com algum deles, que seja a irmã.

— Seu irmão me falou muito de você — diz, sem pensar muito e se arrependendo logo em seguida.

— É, a gente era bem unido quando mais novos — Rafaela fala, num tom que parece uma resposta pronta, já buscando evitar a continuidade da conversa.

Para não causar mais atrito, Reynaldo continua guardando as compras com Rafaela, indicando os lugares das coisas. Sacos de pão, molhos prontos, caixas de leite. Rafaela lança sorrisos curtos, cordiais, mas não convidativos. Parece uma pessoa mais fechada do que Miguel descrevia nas poucas vezes em que falava dela.

Por ter uma boa relação com sua própria irmã, Reynaldo sentia vontade de pelo menos fazer Miguel e Rafaela voltarem a se falar. Achava triste ele poder falar com Maryela, que estava há milhares de quilômetros de distância, dividindo segredos da sua vida, até as coisas mais bobas do dia a dia, enquanto o marido não havia sido convidado para o casamento de Rafaela.

— Que tal já deixarmos uma bandeja de carne dessas fora da geladeira pra temperar? Fazer um macarrão também? — Reynaldo diz. — Já é quase hora do almoço.

Rafaela sorri um pouco mais largo, o que já deixa Reynaldo mais animado. Tudo ainda é muito confuso. Duas horas atrás, estava tomando seu café da manhã tranquilo, e agora estava pensando quantos dias aquela comida duraria.

Estendeu uma bandeja com carne bovina para Rafaela colocar na pia. Foi quando reparou a luva que cobria a mão dela, num tom de pele, como que tentando ser o mais discreto possível. Os dedos ficavam de fora. Cobria apenas a mão esquerda. E, apesar de parecer uma luva para alívio de dores, Rafaela não tinha restrições, até tinha carregado peso sem reclamar.

Por um segundo, quase pensou em chamar Rafaela de cunhada. Era essa a palavra, mesmo, não era? Por Miguel não falar com tanta mágoa da irmã, não tinha a mesma visão que havia tido de Berenice. Jamais a chamaria de sogra. Mas Rafaela... A irmã poderia ser o ponto em comum que colocaria paz naquela casa por sabe quantos dias precisariam ficar ali.

Prática, Rafaela vai abrindo gavetas e armários em busca de utensílios de cozinha. Aos poucos, sem muitas palavras, os dois vão se acertando e um esboço do almoço começa a ser preparado.

No quarto de visitas, com tudo arrumado para o casal e a mãe, Miguel sai sem olhar para Berenice, avoado. A única coisa que quer é se trancar no quarto com Reynaldo até tudo isso acabar. Mas sente um aperto firme no seu braço e se vira, encarando Antônio, que diz, sussurrando para não ser ouvido por mais ninguém:

— A gente não sabe quanto tempo vai passar aqui, mas acho bom você tratar sua mãe bem, e respeitá-la enquanto estiver aqui dentro.

— Aqui dentro é a minha casa — Miguel mantém o tom de voz. Tenta ser tão decidido e firme quanto Antônio. — Quem deve respeito aqui são vocês.

— Sua mãe é uma boa pessoa de Deus, você que é o pederasta irrepreensível que devia mostrar no mínimo um arrependimento de não seguir sua mãe nas palavras de fé.

Ao ouvir isso, Miguel solta o braço da mão de Antônio e está prestes a desistir de abrigar a família, até ouvir Reynaldo da cozinha:

— Miguel, onde está o escorredor de macarrão?

Antônio continua na frente de Miguel para mais um aviso:

— Apesar do caos da cidade, ainda tenho uns bons contatos que iam adorar saber que tem dois viados morando juntos no meio do mato. Então é bom deixar a gente ficar aqui pelo tempo que for preciso.

Abrindo caminho, Antônio deixa Miguel ir até a cozinha e logo o segue. Veem os cônjuges trabalhando juntos para o almoço, algo que nenhum dos dois pensou. Aquela imagem de Reynaldo com sua irmã era algo do qual sonhara por muito tempo. A paz na família, poder unir as pessoas que ama. Era uma coisa tão simples que parecia impossível, pensou. Bastava uma guerra civil para colocar a família unida. Olhou para Antônio, que via a súplica constante da esposa para que todos se dessem bem. Precisavam se dar bem por vários dias. Antônio seguiu em direção a Rafaela, como que esquecendo que ameaçara Miguel. Este ficou mais tranquilo, esperando que a irmã pudesse convencer o marido a ser menos arrogante e um pouco mais respeitoso com sua casa. Quem sabe mais tarde, cada grupo separado em seus quartos, conversariam sobre o que cada um poderia melhorar para fazer aqueles dias menos complicados.

O jeito que Reynaldo o olhara do outro lado da cozinha dizia tudo. O marido escutara alguma confusão no corredor, mas esperava um pouco de paciência de Miguel. Olhara com desconfiança para Antônio, também, mas com uma suavidade esperançosa para Miguel.

"Você é melhor do que isso", parecia ouvir a voz de Reynaldo ecoando em sua cabeça.

Respirou fundo e retribuiu o olhar amoroso.

Com o almoço pronto, havia outra questão.

— Podem comer, a gente volta mais tarde. Vamos, Rafaela — Antônio disse, com seu tom de voz afirmativo. A esposa baixou a cabeça e o seguiu. Miguel pensou em falar alguma coisa para a irmã, mas eles, num passo apressado, já estavam no corredor.

Reynaldo repara num olhar cabisbaixo do marido. Mas nem sabe bem o que fazer. Apenas pega dois pratos, talheres e começa a servir um pouco de macarrão e carne para os dois.

— Você quer ligar a TV? — pergunta.

— Não. Não sei, parece que deveríamos saber notícias, mas no momento eu realmente não quero pensar no que está acontecendo lá fora.

Os dois almoçam em silêncio. Algumas vezes, seguram a mão um do outro, e sorriem.

— Sua irmã que cuidou do macarrão enquanto eu fazia a carne — Reynaldo diz. Ele espera uma resposta, que não vem. Não quer forçar nada. Mas sabe que Miguel está mais desconfortável que ele com a situação. Quer achar um ponto em comum para que o marido relaxe. Ele sabe que está fazendo o certo, o melhor que pode. Mas isso não deixa Miguel nem um pouco feliz.

Quando terminam, Miguel lava a louça que usaram. Reynaldo deixa três pratos na mesa, copos, talheres. Miguel deixa potes na pia, indicando para que os três guardem as sobras quando terminarem. Sabe muito bem que Rafaela vai ser a primeira a fazer isso, porque Antônio espera que isso seja função da esposa e porque Berenice acha que alguém deve cuidar disso para ela.

Os dois vão para o quarto, levando o notebook e seus celulares. Miguel dá uma olhada atenta pela sala. Perto da TV onde guardam filmes e têm decorações com a bandeira gay. Quer tirar tudo dali. Pega alguns filmes sob o olhar reprovador de Reynaldo. Não é vergonha, até porque a família o expulsou de casa por isso. Não precisa mais esconder a sexualidade de ninguém. O que teme é que a mãe decida tomar conta da casa como se fosse dela. Que queira tirar coisas do lugar, jogar as suas fora. Não seria a primeira vez.

— Quer fazer um teste? — Miguel fala para Reynaldo. — Deixe esse coração de porcelana, só esse, e o resto eu vou levar pro nosso quarto. Ela vai no mínimo comentar...

Reynaldo o ajuda a levar os DVDs, umas almofadas coloridas. O que sobra é mais do que neutro, não fossem algumas pequenas plantas, suculentas espalhadas pelos móveis da sala, tudo seria muito cinza e branco.

— Quanto tempo será que teremos que passar nessa casa? — Berenice exclama, pegando os pratos e indo se servir. Já parece irritada.

— Não sei, minha sogra, mas é o que podemos fazer por enquanto. Nos afastarmos do centro do caos, de toda a confusão. E aqui ninguém vai nos ver. Assim, não preciso me reportar a ninguém.

— Eu prefiro assim — Rafaela diz. — Não tem porque você fazer parte daquilo. Você tem família e sabe que, sem você, eu e mamãe não seríamos nada. Precisamos de você aqui.

— Claro, meu amor — Antônio responde. Liga a TV para ver as notícias. Em diversas cidades do Sul acontece a mesma coisa. Dissidentes do Exército lutando por uma independência dos estados para a formação de um país único.

Não sabe lidar com a palavra usada, "dissidentes". Demonstra uma revolta, uma falta de respeito às ordens que se incomoda de demonstrar. A verdade é que ele queria se unir a esses dissidentes.

Dias antes, seu comandante o havia noticiado sobre a tomada que acontecia agora. Dizendo que sabia de sua dedicação à Igreja do Último Dia do Amor de Cristo e que precisaria de aliados. Que aquilo não era traição às normas da corporação, desde que conseguissem seguir as ordens de Deus. Que Ele com certeza apoiaria a tomada dos estados do Sul e Sudeste desde que fizessem do Brasil do Sul uma grande nação temente a Deus.

"O pastor Timóteo vai ser muito grato a você", ouviu diversas vezes. Mas algo nele não queria fazer parte daquilo. Ia contra os princípios que aprendera desde que entrara no Exército. Era preciso seguir ordens para a defesa do país. Mas dividi-lo não parecia a mesma coisa que defendê-lo.

Almoçam tensos, mas ficam satisfeitos por terem conseguido sair de casa. Só conseguem imaginar como está a confusão da rua.

Berenice se retira para o quarto e deixa Rafaela e Antônio na sala. Eles continuam assistindo o noticiário em silêncio.

Miguel abre o e-mail com frequência, em busca de notícias. Abre a página do seu blog, Brasil em Liberdade, para fazer um post. Junta algumas informações gerais que viu na TV. São as mais seguras, ainda que não pareçam muito exatas.

Desespero em Curitiba e cidades do Sul
De acordo com os jornais, diversas cidades do Sul já estão passando por uma tomada de poder violenta. Entre as capitais, Curitiba está em estado mais avançado: já tem prédios do Exército dominados por dissidentes, que foram às ruas com armas e pelo menos um tanque de guerra nesta segunda-feira. Por medo de ficar em suas casas, pessoas estão buscando abrigos longe do Centro, onde há maior concentração de integrantes do Exército.
Comandantes que não fizeram parte do levante não dão entrevistas, apenas emitem nota repudiando a ação. Ainda não se sabe o que farão para deter os dissidentes.
Ao que tudo indica, a ação está relacionada com a Igreja do Último Dia do Amor de Cristo. Nenhuma rede de comunicação indica a relação, mas há meses o Pastor Timóteo Santos fala em culto sobre a importância de se ter uma nação única e religiosa, unida na sua fé. Indicou por vezes a vontade de separar estados do Sul e Sudeste do Brasil para criar seu próprio país, ao que por duas vezes chamou de "Brasil do Sul". Alguns vídeos na internet gravados em seus cultos demonstram essas ligações. Quando jornais o entrevistam sobre o assunto, é agressivo e evasivo, dizendo defender seu discurso livre.

Quem tiver mais informações, pode entrar em contato através do e-mail ou pelos comentários. É importante neste momento manter a calma, abrigar-se e ficar atento aos noticiários, ao menos para saber o quão seguro está para sair às ruas.

Estarei atento ao blog.

Att.,

Não estava satisfeito com o texto. Não era a melhor fonte de informações, parecia exagerado, havia algo que não encaixava ali. Sabia o que via na televisão (e já não confiava nessa há tempos), e no que sua mãe havia contado. E se isso não fosse o suficiente para temer pelo futuro, não sabia o que mais seria.

Tinha alguns leitores frequentes, a maioria do Paraná, onde as pessoas também sabiam ler sites sem deixar rastros. Já havia recebido algumas histórias pessoais, de pessoas precisando de ajuda quando eram atacadas por religiosos fundamentalistas, expulsos de casa pela família incapazes de manter diálogo. Não sabia muito o que poderia fazer por vários deles.

Pensara em fundar ONGs, montar uma central onde as pessoas poderiam se conhecer, quem estivesse nas mesmas cidades, para se apoiarem. Tudo era um risco. Sua mais recente e drástica tentativa era a de receber Dario, um senhor que seguia para o Uruguai.

Foi a maneira de se sentir útil. De que o blog serviria para algo além de mantê-lo falsamente ativo enquanto

Reynaldo ainda tinha seu emprego. Lembra-se de como se sentira antes de conhecer Reynaldo, sozinho, desamparado. Não saberia o que fazer se sua mãe o tivesse expulsado de casa e não o tivesse ao seu lado. Então, pensava em quantas pessoas não tinham essa oportunidade, nenhum apoio. E queria fazer algo por elas, ainda que fosse apenas manter o blog no ar, para que seus leitores pudessem desabafar.

Uma coisa lhe aliviava quando via o blog. Por mais que houvesse apenas um comentário, ainda sabia que mais pessoas estavam insatisfeitas com o que vinha acontecendo. Pessoas indignadas com a maneira que uma religião vinha se impondo politicamente e até acabando com direitos conquistados por grupos considerados "infiéis" pela Igreja do Último Dia do Amor de Cristo.

Não era só a população LGBTQ+. Ouvira muitos relatos também de mulheres que queriam se separar dos maridos e eram pressionadas pela Igreja a continuar casadas com homens abusivos. Mulheres criticadas por trabalhar, por ganhar mais do que os maridos.

Era muito comum as pessoas terem suas vidas controladas pelos outros integrantes da mesma Igreja. Miguel tivera diversos problemas quando parou de acompanhar a mãe. Vizinhos que cobravam sua participação em eventos, que batiam na porta de casa. E, quando parou de responder, muitos o ignoravam na rua, na escola, até ficar isolado. Por um tempo, não tinha ninguém com quem contar.

Isso o revoltava. A falta de empatia dos fundamentalistas para quem não fazia parte da Igreja do Último Dia do Amor de Cristo. Até mesmo pessoas religiosas de outras igrejas eram criticadas. Quanto mais distante dos preceitos evangélicos, pior, claro, mesmo católicos eram fortemente criticados.

Seu pai era mal falado para ele desde criança, por ser católico. Manoel não era praticante, mas também não acompanhava a esposa em cultos. No máximo, em alguns eventos, e era sempre cobrado pelos amigos da família para que se convertesse. O que deixava Miguel desconfortável também.

Ele não se dava muito bem com o pai, tanto que este nem tentara o defender da mãe quando ela o expulsou de casa. Mas a falta de respeito de vizinhos e amigos era incontestável. Era, também, um dos motivos que fizeram Miguel desejar se afastar da Igreja.

Berenice havia rezado antes de se deitar e ainda rezava mentalmente enquanto tentava tirar um cochilo. Não conseguia pensar muito no que fazer nos próximos dias, apenas sabia que ficariam ali por mais do que apenas uma noite. Não via solução rápida para o que acontecia.

Não queria admitir, mas tinha suas dúvidas quanto à liderança do Pastor Timóteo. Havia celebrado sua chegada ao poder em São Paulo, e achava que ele poderia até mesmo ser eleito presidente. Mas tomar parte do país e dividi-lo, não parecia a melhor solução. Berenice acreditava sim no poder da fé e queria viver num país temente a Deus. Mas um país único. Dividir o território não faria a palavra de Deus alcançar mais pessoas.

Sua vizinha, Raquel, havia entrado para um grupo de evangelização, que ia para outras cidades, estados, até o Norte e Nordeste levar a palavra. Ela havia ficado mesmo após a morte do marido, pensando na filha, mas invejava a vizinha, que se sentia realizada com a missão.

Em um país dividido, como ela poderia fazer isso?

E agora, ainda se via presa na casa do filho. Achava humilhante ter que recorrer a Miguel. Não se arrependia de tê-lo expulso. Sabia de sua negação a Deus e como era um pecador sem vontade de se arrepender diante da fé, então não tinha nada para fazer além de renegá-lo.

Buscou apoio nas amigas da IUDAC. A maioria dizia que ela estava certa, então se acalmou. Duas vieram pessoalmente, depois, aconselhá-la a não deixar o filho sair de casa. Que pelo menos não perdesse contato.

Glória foi uma delas. Glória contara a Berenice que tinha passado pela mesma coisa. Havia conseguido manter escondido da Igreja, pois ninguém havia conhecido sua filha. Era mais fácil. Mas também tivera essa discussão com sua filha, que se assumira lésbica. Havia discutido tanto com ela, gritado, humilhado até, e a filha simplesmente saiu de casa. Não disse para onde tinha ido nem o que faria. Apenas desaparecera.

O ÚLTIMO DIA DO AMOR 43

Foi quando se deu conta de que não era isso que queria. Claro que queria uma filha temente a Deus, que tivesse um bom marido e muitos filhos. Mas perdê-la completamente era mais duro do que ter que abandonar seus sonhos. No primeiro ano, rezava pedindo para Deus fazer da filha uma jovem evangélica, que encontrasse a Igreja do Último Dia do Amor de Cristo, onde quer que estivesse. Pois imaginava que, se ela encontrasse Deus, encontraria também o caminho de volta para casa. Depois de um ano, apenas pedia a filha de volta, fosse como fosse, só não conseguiria viver sem sua pequena. Era parte dela, ainda assim, e faria o que pudesse para ter a filha de volta.

Berenice ouvira a história até um pouco emocionada. Mas ao invés de querer ir atrás de Miguel, decidiu voltar toda sua fé e amor à Rafaela. Não via como Miguel poderia se converter, tinha vergonha do filho. Sabia que Rafaela a enfrentava menos desde criança, que seria uma boa moça. Com um marido descrente e um filho pervertido, Rafaela era tudo o que podia mostrar com orgulho para a congregação.

Não via os próximos dias como uma forma de se aproximar de Miguel. Em cada detalhe da casa, via que era um homem sem a chance de se arrepender. Ele parecia bem decidido na vida longe de Deus, com aquele homem. Parecia até uma afronta. Toda aquela casa. Ela se sentia atingida. Ele não precisava viver daquele jeito, tão diferente dela. Queria demonstrar o quanto se sentia agredida. Um filho de uma mulher de fé não podia viver daquele jeito.

Adormeceu pedindo a Deus que os próximos dias passassem logo.

Antônio e Rafaela ficaram no sofá da sala assistindo TV. As notícias haviam parado um pouco, retomando a programação de culto seguida de novela. Acabaram dormindo logo, mesmo com a claridade do dia, que de um sol pela manhã se tornara nublado.

Rafaela queria pedir para o marido não se manifestar dentro daquela casa. Ela sabia que ele via motivos para brigas e humilhações a todo momento, que o marido e o irmão eram completos opostos, e inclusive temia pelo irmão. Antônio nunca fora violento com ela. Mas já tinha visto o marido ser violento com outros homens com muita facilidade. Sabia como os desvios das normas, tanto da Igreja quanto do Exército, mais do que o incomodavam, o exaltavam a ponto da raiva.

Lamentava ter se afastado do irmão e gostaria de tê-lo visto dentro da Igreja. Mas aquele não era o momento de dizer nada. Não no primeiro dia, pelo menos. Chegou a pensar em como poderia levar Reynaldo para a Igreja também, para que os dois logo se entregassem a fé. Tinha gostado de Reynaldo. Não conseguia olhar para os dois sem pensar como Deus rejeitava seu estilo de vida, mas queria ver os dois felizes. E para ela, a felicidade era obedecer a Deus. Ser gay não condizia com isso.

Sofrera muito quando o irmão deixara a casa. A mãe se tornara ainda mais amarga. A levava para todos os eventos da Igreja e a exibia a todas as amigas, insistia para que conhecesse os filhos delas para que casasse logo. Berenice achava que não, mas Rafaela notara sim como estava sendo usada para que todos esquecessem Miguel. O irmão era como a vergonha dela no momento, e o pai nunca ter frequentado os cultos não ajudava em nada.

Ouvia muitas pessoas culpando a sexualidade do irmão por causa do pai que não era temente a Deus. E sabia que a mãe tinha ouvido esse boato também. Ninguém assumia ter dito nada parecido, mas todos sabiam que a acusação circulava livre na comunidade.

Entendia o que a mãe passava e acabou se submetendo a isso. Não tinha problema em participar mais das ações da Igreja, mas a pressão para casar era além do que esperava. Ainda bem que havia conhecido Antônio em pouco tempo.

Antônio era bem visto na Igreja. Apesar de frequentar a sede longe deles, se encontraram em um evento das congregações que reuniu milhares de pessoas. Não estava esperando encontrar alguém. Queria se apaixonar, claro, mas não estava pensando nisso quando conheceu Antônio. Uma carreira promissora no Exército, fazia parta de IUDAC há muitos anos, era bonito e desejado pelas irmãs da Igreja. Acabou se deixando apaixonar com suas visitas, quando a levava para passear. A mãe estava extasiada, só esperando engatarem o namoro. E namoro era coisa séria, então em pouco tempo estavam casados.

Nem Rafaela nem a mãe falavam muito do irmão. Antônio só soubera de Miguel quando Manoel, antes de morrer, dissera a Berenice que queria ver o filho. Está delirando, a mãe dissera. Rafaela acabou contando que tinha um irmão. Teve vergonha naquele momento. Não só por ter um irmão expulso de casa por ser gay, mas também — e não admitiria isso — por tê-lo esquecido, mantido a existência de Miguel em segredo do marido.

Agora, mais do que nunca, se arrependia de não ter convivido mais com o irmão. Chegou a falar com o Pastor Cláudio, da congregação que todos frequentavam, se não poderiam perdoar Miguel, mas fora categórico: era melhor mantê-lo afastado. Um pecador que não aceitasse a Deus não merecia o convívio de uma boa família crente.

Mas Rafaela sabia de outras religiões evangélicas que aceitavam o convívio com familiares não praticantes e até mesmo os gays. Ouvira falar de uma igreja que permitia e celebrava pessoas como seu irmão, uma pastora casada com outra mulher e tudo. Teve vontade de ir até lá, conhecer. Naquele mesmo dia, a mãe queria ir para a Igreja na sua companhia, ajudar com a organização de um evento, e a obrigou a ir junto. Tomou isso como um sinal de que não deveria sair de IUDAC.

Desconfiava que o irmão não tinha virado as costas à Deus completamente, como a mãe afirmava. Quando ainda conversavam, nos primeiros dias em que Miguel tinha parado de ir à Igreja, falara a ela como ainda acreditava em Deus, mas não conseguia acreditar em tudo que o Pastor Cláudio dizia, em tudo que aquela Igreja pregava. E Rafaela queria valorizar esse sentimento religioso nele. Quem sabe começar daí para fazê-lo se tornar crente.

Passariam muitos dias ali para ela descobrir se ainda havia uma faísca de fé no irmão.

O dia chegava ao fim. A casa ficava muito escura, por causa da região isolada. Miguel e Reynaldo geralmente acendiam as luzes do corredor, da sala e da cozinha. Nesse dia, Rafaela saíra acendendo as luzes, enquanto ouvia a mãe saindo do quarto.

— Que tal passar um cafézinho, minha filha?

As duas vão para a cozinha. Antônio levanta, olha a TV, onde passam imagens da cidade com algumas ruas tomadas. Ele não tira do mudo. Não quer ouvir nada.

O cheiro do café chega no quarto do casal. Reynaldo, por um segundo, esquece de tudo. Apenas sente o aroma e pensa em Miguel na cozinha. Abre os olhos para ver o marido ao seu lado, e se dar conta de que eram outras pessoas na casa preparando aquele café. Que talvez nem tomaria aquele café.

Miguel ainda dorme. Reynaldo olha as mensagens no celular. Os colegas de trabalho falaram um pouco durante a tarde sobre a situação, reafirmando que as atividades da empresa estariam suspensas. Os amigos estavam mais preocupados. Respondera falando que estava em casa com Miguel, tudo estava bem, que tinham até comida para os próximos dias.

Tudo estava bem, afinal. Mas agradecera o fato de ninguém ter pedido para ficar na casa dos dois. Não tinham nem como receber ninguém no momento. Alguns amigos já estavam instalados na casa uns dos outros, longe do Centro. Muitos nem estavam em áreas perigosas noticiadas na TV, mas não queriam passar por aquilo sozinhos.

Pensou em ficar na cama até ouvir a família de Miguel sair da cozinha, mas não conseguiria evitá-los por tanto tempo. Precisava ir ao banheiro, de qualquer maneira.

Levantou, abriu a porta com cuidado e fechou novamente, por causa do sono do marido. Foi até o banheiro. Saindo, encontrou Rafaela olhando para ele.

— Você não quer tomar café com a gente? Espero que não tenha se importado por eu ter usado suas coisas...

— Não, tá tudo bem, pode usar.

— A gente também trouxe café, então tem bastante.

O ÚLTIMO DIA DO AMOR 49

— Ótimo. Mas Miguel ainda está dormindo, então eu vou esperar ele.

A voz de Berenice ecoa alto:

— Deixa os dois, minha filha. Depois eles se viram.

Não era um tom exatamente grosseiro, mas com certeza guardava uma rispidez latente.

Por ironia, pensou Reynaldo, quando abriu a porta, Miguel estava acordando. Rafaela saiu do corredor ao perceber pela fresta o irmão levantando. Reynaldo, querendo retribuir a rispidez de Berenice, disse:

— Ah, que bom que acordou, amor. Sua irmã passou café, venha. Estão todos nos esperando.

Miguel estranhou que estivessem mesmo os esperando, e de fato não estavam. Já tinham tomado boa parte do café. Mas ainda estavam os três na mesa. O porquê de Reynaldo insistir para que fossem tomar café com aquelas pessoas era um mistério. Mas, um pouco tomado pela sonolência, quando percebeu, já estava com uma xícara em sua frente, na mesa.

Muito silêncio. Quando parecia insuportável, ao invés de alguém dizer alguma coisa, olhavam para a televisão, muda, que passava o noticiário. Ninguém mais queria saber do que acontecia. Era claro que o Exército ainda não tinha tomado nenhuma decisão sobre como combater seus dissidentes. Também era claro que aquilo não se encerraria naquela noite, nem ainda na manhã seguinte.

— Bom — Berenice começara a falar enquanto se levanta — depois do jornal tem minha novela e se vocês não se importarem eu vou assistir.

Não parecia que ela tinha perguntado a alguém de fato se se importavam ou não, apenas afirmado uma decisão. Com seu passo pesado e lento, foi até o sofá e lá sentou, aguardando o fim do noticiário.

Reynaldo e Rafaela pareciam disputar para ver quem era mais prestativo, falando para o outro relaxar, que lavaria a louça. Antônio, enciumado, solta:

— Deixa ele, Rafaela, É a casa dele, vamos nos preparar pra deitar.

Rafaela sorriu para Reynaldo e baixou a cabeça. Os dois saíram. Miguel levantou para ficar do lado do marido. Não queria falar nada. Não queria que a mãe ouvisse qualquer coisa.

Primeiro Antônio e depois Rafaela, tomaram banho no único banheiro da casa. Enquanto isso, a novela passava na televisão, mantendo a atenção de Berenice. Reynaldo e Miguel voltaram ao quarto depois de organizar a cozinha, aguardando para tomar banho também. Procuravam notícias em sites, mas não havia informações mais concretas do que viram nos noticiários.

Quando a novela acaba e Berenice é a última a usar o banheiro, vai apagando as luzes da casa. Passa pela porta aberta com luz acesa do quarto do casal, sem dizer palavra. Por um segundo, Miguel teve esperança de ouvi-la dizendo "boa noite".

O ÚLTIMO DIA DO AMOR 51

Ouviu a porta do quarto dos três se fechar. Levanta-se e fecha a porta deles, com tranca.

— Amor, precisa disso? — Reynaldo diz, rindo um pouco.

— Eu não sei, amor, mas por via das dúvidas...

Os dois riem.

Não acha que os três farão nada contra eles. Isso era demais. O que Miguel queria mesmo era manter uma parte do casal exclusiva para os dois. O único quarto em que não entrariam, que seria só dos dois. Esperava que a mãe tentasse dominar o espaço novamente nos próximos dias, e com o brutamontes de genro fazendo suas vontades, era até capaz que ela exigisse o quarto deles para ficar sozinha. Não duvidava disso.

E por pior que parecesse o momento, ainda precisava manter sua última esperança, seu último espaço. A coisa que sua família não seria capaz de tirar dele.

Reynaldo não quer fazer barulho nem chamar atenção dos três, então apenas mandou mensagem para a irmã. Ela ainda não sabia do que acontecia. Mandou um link de notícia apenas com uma foto, e não um vídeo, pois não queria assustá-la. Ela começou a fazer chamada de vídeo, que ele recusava e ela ligava de novo em seguida. Reynaldo tentou acalmá-la.

Contou também da situação dos dois. Disse que estava tudo bem, mas com a família de Miguel ali, não queria atender chamadas para não acabar falando mal dos visitantes. Maryela se acalmara, por ora.

Insistia em que verificassem alguma possibilidade de sair dali, e sair do país o quanto antes. Reynaldo dissera que mal sabiam o que estava acontecendo, então o melhor a fazer de fato era ficar por um tempo. Como estavam longe do Centro, estavam mais seguros. Com muito custo, Maryela acreditara. Mas pediu para que mantivessem contato todos os dias.

Reynaldo parecia mais tranquilo conseguindo falar com a irmã. Agora queria apenas dormir de novo. Não por sentir sono, mas para acelerar a chegada do próximo dia. Não por crer que seria um dia melhor, mas para que este acabasse logo. Estava cansado, mas via no olhar de Miguel o quanto aquilo tudo fora ainda mais cansativo para o marido.

— Está tudo bem, meu amor — disse, abraçando Miguel.

— Será? Será que está mesmo? Vamos ficar bem, Rey?

— Claro que vamos, estamos juntos.

Era isso que Miguel queria ouvir. Estavam os dois cheios de medos e dúvidas, mas estavam juntos.

Ló a convencera a deixar sua terra. Mais espaço para os animais, dizia. O marido sabe o que é melhor para a família, pensou. Deixou tudo o que conhecia para trás. Foram viver ao lado de Abraão.

E a família de Abraão era tudo o que ela conhecia. Convivia com a esposa dele, era sua única companhia. Mas os trabalhadores de Ló e de Abraão se desentenderam e Abraão pediu para que se afastassem. Ló assentiu, e mais uma vez ela deixou de lado o pouco que tinha para seguir o marido em suas decisões. Pelo bem dos funcionários, dois grandes amigos se separaram e duas famílias foram divididas. Mas Ló tinha razão, mais uma vez.

Fizeram pouso em Gomorra. Ouviam os rumores de ser um povo mal, mas Ló não se importava. Fariam o bem por eles. Ela nunca entendeu porque eram um povo ruim. Via um povo sofrido pelas guerras constantes dos Reis de Sidim, no Mar Salgado. Uma dessas batalhas chegou até a casa de Ló.

A cidade foi saqueada e seu marido foi levado. Ela sofreu com o pouco que tinha, para alimentar as filhas, para se manter firme esperando que Ló pudesse um dia voltar. Os vizinhos deixavam grãos na porta de sua casa. As crianças são nossa esperança, ela os ouvia dizer. Não se identificavam. Ela apenas abria a porta de casa e via um pouco de comida. A cidade era caos, muita coisa destruída. Mas alguém ainda pensava nela.

Ló havia sido levado para as terras próximas de Abraão, que conseguiu libertar o irmão. Ló voltou para casa com fé restaurada. E com toda a crença de seus captores de que Sodoma era terra infrutífera dos caminhos de Jeová.

Ela queria agradecer a ajuda dos moradores durante todo o tempo em que Ló estivera fora. Mas ele a proibira. Sodoma era terra maligna, e seus moradores não se salvariam. Ainda que ela falasse como as filhas tinham conhecido homens bons, que estavam prometidas a bons homens de Sodoma, que nem tudo era infértil, Ló não a ouviu. Ló sempre tinha razão.

A família de Ló criou inimizades. Sodoma crescia e poucos eram ainda os vizinhos bons que ela havia conhecido, e até mesmo estes eram olhados com desdém por Ló.

Ela ia até a cidade mais do que o marido e via o mercado secando, invasores constantes destruindo a terra que os havia recebido. Ló não sabia do mal que cercava Sodoma. Virar as costas aos bons apenas dava espaço para o mal prevalecer. E o bem que Ló e sua família poderiam ter feito ali se transformou em um muro alto de julgamento.

Não sabiam mais onde estavam os bons de Sodoma, porque haviam se isolado da cidade.

Certo dia, Ló chegou em casa com dois homens. Viajantes. Iriam ficar na praça da cidade, mas Ló insistira para recebê-los em casa. Ela preparara duas camas e um jantar para todos. Batidas na porta assustaram a família.

Ló foi lá fora e ela ouvia a conversa. Os homens maus de Sodoma. Queriam os visitantes. Sua riqueza, sua dignidade. Sabia que seu marido não permitiria isso. Ouvira os invasores discutindo. Não eram as vozes conhecidas, aquelas que deixavam grãos em sua porta, aquelas que davam bom dia na feira, aquelas que dividiam da água da fonte.

Mas não podia alertar Ló. Eram homens maus, e o marido não saberia diferenciá-los dos bons homens que antes a ajudaram.

Ouviu o marido oferecendo a dignidade das filhas em troca dos visitantes. Suas crias, suas jovens filhas, nem casadas estavam ainda, eram o pouco que ela ainda amava. Nunca tinham sido tocadas por um homem e seu marido as oferecia aos homens maus em troca dos desconhecidos.

Duvidou de Ló. Não poderia crer que esta era a melhor decisão. Enfrentaria os homens maus se pudesse, mas não deixaria que levassem suas filhas. Não poderia aceitar um ultraje desses mesmo que viesse do marido. Tomava como ofensa. Não aceitava que isso fosse mais digno do que enfrentá-los.

Os homens não aceitaram. Os visitantes puxaram Ló para dentro de casa. Revelaram-se anjos. Estavam decididos em destruir Sodoma por causa dos homens maus. Eles haviam visto no ato de Ló algo bom. Ela duvidava que deixar as próprias filhas nas mãos de invasores malignos era digno. Mas era isso que os visitantes esperavam. E iriam acabar com a cidade.

Precisavam correr dali, porque no nascer do Sol, Sodoma cairia. Ló foi avisar os noivos de suas filhas, mas esses disseram que não deixariam para trás suas famílias, o que fez Ló julgá-los mais uma vez e deixá-los para trás.

Ela juntara as coisas das filhas e os poucos pertences da família. Mais uma vez, se via obrigada a deixar para trás tudo o que conhecia. Os anjos ordenaram que fossem para as montanhas, mas Ló os convencera a deixar que ficassem numa cidade próxima. Se Ló conseguia convencer os anjos, deveria estar certo mais uma vez.

Os visitantes celestiais então ordenaram que se abrigassem e não olhassem para trás ou morreriam. A família de Ló corria buscando abrigo. E os anjos começaram a destruir tudo à sua volta. Fogo vinha dos céus e queimava Sodoma, o fogo se alastrando até Gomorra.

Ela parecia ouvir os gritos dos vizinhos, muita gente sofrendo pelo erro de poucos. Não era justo. Não era justo que ela tivesse que abandonar tudo mais uma vez. Não era justo que tivesse que virar as costas para aqueles que a acolheram, a cidade que os abrigara, os vizinhos que a ajudaram quando Ló não pode.

Preocupou-se com eles. Havia gente boa em Sodoma. Havia bondade naquela terra sofrida. Ela sabia. Ela presenciara aquilo. Era tão simples que chegava a ser ignorada por muitos, mas não havia sido esquecida pelos seus bons vizinhos de Sodoma. Os anjos podem não ter visto bondade em ninguém naquela cidade, mas ela tinha visto. Ela não negligenciaria os corações puros que foram punidos pelos anjos. Iria se lembrar dos bons. Não julgaria o todo pela atitude de poucos. Não se deixaria levar pelo ódio irracional como o marido.

Parou de correr.

Soltou das mãos do marido, que nem tentou encontrá-la ou levá-la. Continuou correndo em busca de abrigo. De tantas vezes que seguira o marido sem questionar, agora era abandonada sem uma segunda chance. Viu as filhas correndo amedrontadas do fogo dos céus e achava isso errado.

Não poderia fazer parte disso. Não se salvaria enquanto via aqueles que uma vez a salvaram perecendo. Voltou-se para Sodoma, com lágrimas nos olhos, chorando por todos aqueles que não mereciam ser julgados de maneira tão brutal.

E virou uma estátua de sal, espalhada ao vento, esquecida por todos.

2

Berenice acordou cedo. Não queria, mas por falta do que fazer começou a prestar atenção na casa de Miguel. Dois quadros no corredor com pinturas estranhas, e uma de frente para a porta do quarto que ela também não compreendia. Desde pequeno ele tinha aquele interesse por arte. Uma vez o obrigou a rezar depois de ter aberto um livro com várias pinturas de pessoas nuas. O filho discutia com ela que isso era arte, mas ela sabia que aquilo era pecado.

Impedira o filho de ir ao museu em uma visita da escola, causara um tumulto, convencera mais duas mães que seus filhos estavam sendo levados a ver obscenidades. A professora foi obrigada a dar uma tarefa diferente aos três, que não envolvia as obras vistas no museu. E a visita seguinte acabou sendo cancelada. Alguns alunos riam de Miguel, diziam que sua mãe era louca. E Miguel não discordara, o que deixara Berenice braba. Ela só o queria proteger dessa arte mundana. E quanto mais ela proibia, mais interesse ele demonstrava.

Ela ficou conhecida por diretores e professores ao longo dos anos, e com cada vez mais pessoas convertidas naquela escola, foi ficando fácil cancelar passeios a museus e realizar visitas a sedes da Igreja, obrigando as poucas crianças não religiosas a participarem de atividades das quais não queriam fazer parte. Mães reclamavam, e eram atacadas por Berenice e outras religiosas, dizendo que iriam viver sua fé em qualquer lugar, e que o mínimo que podiam fazer era salvar a alma dos filhos das outras mães.

Não importava que as mães não quisessem seus filhos obrigados a ir às Igrejas do Último Dia do Amor de Cristo. Não importava que as crianças não poderiam simplesmente sair dali para outra escola. A fé era mais importante. "Um bom conhecimento da Bíblia vale mais do que educação superior", ela ouvira certa vez e passara a usar essa frase toda vez que alguém queria criticar a influência religiosa em uma escola pública.

Pensava no Pastor Timóteo tomando para si a educação deste novo país. Talvez essa fosse uma vantagem, educar as crianças desde pequenas a respeitar a palavra de fé.

Queria ter feito seu filho aprender a importância da Igreja em sua vida. Teriam menos imagens pagãs nessa casa. Claro que isso era só um detalhe perto da vida pecaminosa que ele levava. Mas um detalhe importante.

Na sala, começou a reparar na falta de alguns objetos que tinha visto ali antes. Não tinha prestado muita atenção, mas com certeza era mais colorido quando chegara. Miguel teve a decência de abrir espaço para ela no meio daquelas coisas todas, ela pensou triunfante.

Até que viu embaixo da televisão um bibelô. Um coração de cerâmica maior do que seu punho, todo pintado como um arco-íris. Um símbolo com o qual ela já havia combatido ao longo de tantos anos.

Não poderia deixar aquilo ali. Voltou ao quarto e pegou uma de suas Bíblias, junto com um apoiador. Tirou o enfeite e colocou o apoiador. Abriu o livro no encosto em Salmos. Estava com o coração colorido nas mãos quando ouviu uma voz atrás de si:

— O que a senhora pensa que está fazendo?

E se virou para ver Reynaldo na entrada do corredor, enfezado. A voz denunciava o nível de sua irritação.

— Enquanto eu estiver aqui, preciso de uma Bíblia aberta, a palavra de Deus precisa entrar nessa casa.

— Pois a senhora não vai tirar meu coração daqui! Pode achar outro lugar para essa Bíblia.

— Bom, quase não tem outro espaço e aqui ela fica perto da TV quando eu for assistir meus cultos, então ela vai ficar aqui.

— Não, senhora!

Reynaldo se aproximou, querendo tomar o coração das mãos de Berenice, que se virou e derrubou o coração no sofá. Quase caindo no chão. Ele pegou o enfeite no ato, olhou brabo para ela.

— Essa não é a sua casa, está aqui de favor e vai respeitar as regras dessa casa.

— Eu não me importo com o que vocês, degenerados, fazem aqui, mas em Cristo vocês vão ter que acreditar!

— Pois fique sabendo que eu não acredito. Se quiser levar essa Bíblia para o seu quarto, pode levar. Aqui, ela não fica.

— Isso é falta de respeito...

— Falta de respeito é invadir a casa dos outros e ainda forçar sua religião!

A essa hora, todos já tinham acordado. Miguel viu Reynaldo atirar a Bíblia no sofá com raiva. E ainda que não seguisse mais a mesma religião da mãe, aquela cena fora um pouco pesada de assistir. Tinha algo a ver com sua educação, achava. Talvez ainda levaria anos para se livrar de alguns preceitos religiosos sob os quais crescera.

Na casa da mãe, havia mais de uma Bíblia, sempre aberta em algum lugar, na sala, às vezes até no quarto. Não tinham nenhuma imagem religiosa, então era preciso valorizar a Bíblia como símbolo de fé.

A casa era tomada por objetos com versículos, de camisetas a canecas até porta-retratos. Não tinham crucifixos, porque era pecado, mas o nome de Jesus era estampado em todo e qualquer material possível.

"Eu sou Jeová, este é o meu nome" a mãe recitava de cor, "a minha glória, pois a outrém não darei, nem o meu louvor às imagens de escultura. Isaías, 42:8".

Sabia que Reynaldo era ateu e isso nunca o incomodara. Achava interessante que ele pudesse não ter nenhuma fé e ainda assim ser uma das pessoas mais prestativas, que mais se doava aos outros. "Não sou bom pros outros por medo de ir pro inferno, Miguel, sou bom porque acho que é o certo a se fazer", disse uma vez. E foi esse pensamento, tinha certeza, que fizera o marido aceitar a família dele naquela casa.

Mas já tinha previsto alguma confusão nesse sentido. Por isso tinha tirado boa parte da decoração da casa e escondido no quarto. Para evitar aquela cena.

Antônio e Rafaela chegaram à sala logo em seguida.

— Vocês acreditam que ele não quer me deixar louvar a Deus? — Berenice exclama ao casal.

— Não foi isso, foi algo bem diferente — Reynaldo se explica.

— Pois pra mim é a mesma coisa — a mulher responde, abraçando a Bíblia.

— Você deveria se envergonhar — Antônio exclama. — Não só disso, de toda sua vida. Mas disso também. Proibir uma senhora de viver sua fé...

— Eu não proibi nada! — Reynaldo se defende. — Ela que veio tirar as coisas de lugar para colocar uma Bíblia sem permissão. Quer colocar, coloque no seu quarto. Tudo tem limites nessa casa.

Reynaldo havia colocado o enfeite de volta no lugar e se dirigiu para a cozinha. Antônio não se mexia da entrada do corredor, apenas porque Rafaela segurava sua mão, firme.

O ÚLTIMO DIA DO AMOR 65

— Nós estamos aqui agora e você não dá liberdade religiosa para louvarmos a Deus — Antônio começara a dizer, enquanto Reynaldo soltou uma risada. — Se isso não significa nada pra você, significa pra gente.

— Eu já disse, essa ainda é minha casa e de Miguel, e tem coisas que eu não vou aceitar. Vocês já estão vivendo aqui até sabe-se lá quando, ainda querem nos obrigar a participar dessas baboseiras...

— Repete! — Antônio não se aguentara e fora até a cozinha, enfrentar Reynaldo, parando na sua frente. Os dois da mesma altura se olhando com raiva. Rafaela vai até lá, tentar segurar o marido. — Fala isso de novo se tem coragem, desafia nossa fé pra você ver o que acontece!

— Eu não quero desafiar fé de ninguém, mas na minha casa vocês que vivam essa fé lá no canto de vocês.

— Parece que você não está vendo o que está acontecendo! — Antônio exclamou. — Assim que a confusão acabar, a Igreja do Último Dia do Amor de Cristo vai comandar esse país. Uma Bíblia na sua sala é o mínimo que você vai ter que mudar nessa sua vida.

— Só por cima do meu cadáver!

— Rey, por favor! — Miguel dizia da sala, onde estava segurando o coração de arco-íris. — Deixa essa briga de lado. Eles já entenderam.

— Vamos levar essa Bíblia por quarto, mãe — Rafaela insistia, agora que Antônio tinha se afastado de Reynaldo.

— Você está dando razão pra ele, minha filha? — Berenice parecia indignada. — É isso, você está se voltando contra sua fé?

— Não, mãe. Não foi isso que eu disse. — A mãe arregalou os olhos. — Estamos aqui de favor. Ninguém te proibiu de nada. Você pode rezar como sempre fez. Mas essa é nossa área comum agora. Temos que dividir. E respeitar. Você sabe que Miguel já tirou várias coisas daqui por sua causa. Não insista.

— Minha filha, como que eu posso ficar aqui, na casa de um ateu? Em Marcos 16:15, você sabe, Jesus disse para ir pelo mundo e pregar o evangelho a todas as pessoas.

— Mas não agora, mãe. Estamos todos tensos por tudo o que vem acontecendo. Não podemos usar da hospitalidade deles para desrespeitá-los.

— Não é desrespeito, é a palavra de Deus!

— Mãe... Você só está deixando os dois mais irritados. Não é assim que Deus quer que espalhemos a palavra.

Miguel já estava na entrada do corredor, enquanto Reynaldo o seguia com a garrafa térmica de café e dois pães. Passou por Antônio, que fingiu não vê-los saindo. Estava pensando no que Rafaela dissera. Berenice também.

Os três foram para a cozinha em silêncio, preparar o café. Ficaram por ali. A mãe ainda estava chateada com a filha, mas não queria admitir que precisaria relevar as diferenças entre sua família e os donos da casa. Se irritara, sim, com o fato de não permitirem colocar sua Bíblia na sala. Era o mínimo que poderiam fazer.

Mas não queria arriscar ser expulsa dali. Esperava que Deus a perdoasse por estar na casa de um ateu homossexual, rezaria bastante por isso mais tarde.

Rafaela estava cansada e ainda nem tinha comido nada. Queria poder contar com alguém para manter a paz da casa, mas aquela briga de Reynaldo com a mãe a fizera perder as esperanças no cunhado. Ele poderia ser tão difícil de lidar quanto o irmão. Berenice não era exatamente alguém fácil de conviver. Mas tinha achado que Reynaldo seria uma boa pessoa para dividir as dificuldades dos dias a vir. Agora, se via sozinha.

Não poderia adivinhar que ele era ateu. Quem sabe tinha dito isso apenas para provocar Berenice. Quem sabe. Sempre presumia que, mesmo que a pessoa não fosse da mesma religião que a sua, era temente a Deus. Que respeitava Jesus, que seguia seus preceitos. Ateísmo era coisa de gente desgarrada, sempre ouvira dizer. De gente ruim que queria perverter os cristãos. Tentações de Satanás, o Pastor Cláudio dissera uma vez. Que usavam a palavra contra Deus para levar as pessoas ao inferno. Eram palavras duras de ouvir, talvez um exagero. Mas aquilo acabara entrando em sua cabeça. Como poderia ter se dado bem com Reynaldo antes, sendo ele um ateu?

— Você não precisava dizer assim na cara dela que era ateu — Miguel dizia para Reynaldo enquanto tomavam seu café no quarto.

— Amor, essa é minha casa também. Eu não preciso me esconder de nada do que sou aqui, ainda mais pra deixar outras pessoas confortáveis.

— Eu sei, eu sei. Você tem razão. É só que... ser ateu é a pior coisa que você poderia ser.

— Como assim? O que quer dizer com isso? — Reynaldo parecia confuso, como se Miguel também concordasse com a mãe.

— Para eles! — O marido insistira. — Para eles, isso é uma coisa horrível. Você sabe como são ensinados a odiarem os ateus. Como inimigos.

— Sei. Mas se eles querem ficar aqui, vão precisar aprender coisas novas. Precisam perceber que estão dependendo da hospitalidade de um ateu. Não sou inimigo de ninguém, mas não vou aceitar ser atacado na minha casa, catequizado!

Miguel sabia que Reynaldo tinha razão. Não tinha como argumentar contra o que o outro dizia. Mas ficava pensando na harmonia da casa. Era preciso manter o equilíbrio.

— Eu entendo. Você tem razão. Mas não podemos deixar ela colocar a Bíblia ali? Só pra manter a paz? São só alguns dias...

— Miguel, é assim que começa! Achamos que é por respeito que vamos apagando o pouco do que nos re-

O ÚLTIMO DIA DO AMOR 69

presenta. Eles nos proíbem de viver do jeito que queremos, e quando queremos retomar nosso espaço, somos proibidos. Você foi comigo a diversas manifestações. Quando queriam proibir filmes com casais gays nos cinemas, e deixamos acontecer por não querer brigar. E quando os filmes gospel tomaram as salas de cinema, brigávamos para trazer outros filmes também, e nos acusavam de intolerância religiosa. Você lembra.

— Lembro, mas não é assim...

— Claro que é! Quando forçaram o governo a parar de investir na Parada LGBTQ+, quando não tínhamos mais recursos, quando forçaram a polícia a deixar de trabalhar para nos proteger, e eles iam nos atacar com seus gritos. Quando apanhamos durante as Marchas Cristãs e a polícia ainda queria nos prender sendo que estávamos apenas passando na rua, nem manifestação organizamos! Eles foram até a frente do bar onde nos encontrávamos, eles vieram até nossos espaços e nos tiraram a segurança. Invadiram nossas vidas sem o menor respeito. Não me peça para respeitá-los agora!

Miguel sentia muita raiva, muito ressentimento na fala de Reynaldo. E ele tinha razão, aquelas coisas tinham acontecido. Não deixaria de acreditar que o respeito era a chave para o convívio harmonioso. Tanto naquela casa quanto na vida em geral. Se os fundamentalistas não tinham respeitado sua vida antes, era isso que precisavam mudar. E não começar a desrespeitá-los em troca.

Não seria fácil naquela situação, claro. Mas se pudesse colocar paz na casa, sentiria um pouco de esperança pela cidade, pelo país. Eram as pequenas ações que dariam o exemplo, acreditava.

Reynaldo estava exaltado. Não deixaria que a família de Miguel o tirasse do sério a ponto de brigar com o próprio marido. Tentava se acalmar, mas ficava remoendo toda a história que passara com fanáticos religiosos. Tantas conquistas sociais para a população LGBTQ+ que foram revogadas sob preceitos de "intolerância religiosa" quando na verdade queriam apenas respeito.

Não havia nenhuma "agenda gay" que buscava acabar com a família. O maior sonho de Reynaldo sempre fora ter uma família, por que ele seria contra isso? Só que sua família seria um pouco diferente. Não achava justo que seu amor fosse ditado por um grupo de pessoas que nem o conhecia.

Tinha seus problemas com religião, não negava isso. Se esforçava para não julgar as pessoas previamente ao saber de suas religiões, mas mais cedo ou mais tarde, se decepcionava. Comentários preconceituosos, atitudes que não condiziam com a pregação de amor que fingiam fazer.

Quando aceitou a família de Miguel ali, o fez porque achava que era o correto a ser feito. Porque queria que Miguel tivesse uma segunda chance com a mãe, ou ao menos com a irmã, pela qual sabia que o marido ainda tinha grande estima.

Não esperava que acontecesse dentro de casa a mesma coisa que via acontecer lá fora. A dominância, a intolerância. Estava cansado de ser atacado.

Reynaldo por muitas vezes ouvia dos outros coisas terríveis, sem que se dessem conta de que ele era gay. Pessoas que o conheciam por pouco tempo, como no trabalho, ou amigos de amigos, estranhos em bares. Mais cedo ou mais tarde falavam coisas homofóbicas. "Olha aquele viado ali", "essa gente sem-vergonha" ou "falta Deus pra esses pervertidos", eram comuns. E ele engolia em seco as respostas que vinham rapidamente à sua boca.

Mas não aturaria isso, não agora. Não conseguia imaginar o que poderia acontecer caso essa tentativa de tomada do poder se concretizasse. Talvez fosse mesmo a última oportunidade de brigar pelo seu espaço, para não ser obrigado a engolir as certezas ofensivas dos outros.

— É porque o coração te fez lembrar da sua mãe? — Miguel diz.

— Eu acho que sim, um pouco — Reynaldo admite. — Não. Foi tudo isso que eu te falei! E um pouco por me lembrar da minha mãe, sim.

O coração de cerâmica tinha sido presente de Dona Maria quando compraram aquela casa. A sogra de Miguel sempre fora muito querida e quis presenteá-los antes de qualquer amigo, para celebrar a vida juntos. Reynaldo sentia muita falta da mãe, falecida há pouco tempo. Foi a última vez que Maryela conseguiu voltar ao Brasil, naquela situação triste. Dona Maria sempre o tratou como da família, mesmo sem ter casado no papel, nunca tivera problemas com o filho sendo gay. E sabia que muito da bondade e paciência de Reynaldo eram por causa dela. Não podia tirar a razão do marido ter se irritado tanto com Berenice mexendo no coração, e agora até ele mesmo ficava enraivecido.

Abraçado com Miguel, Reynaldo repensava um pouco de sua atitude. Não se arrependia, mas queria ter feito de maneira mais sensata. Não podia perder a razão com agressividade. Queria se afastar do comportamento que reprovava ao máximo.

— Foi muita falta de respeito — Antônio dizia para Berenice, que estava no quarto colocando o aparador com a Bíblia em cima do gaveteiro.

— Foi, Antônio, foi horrível. Mas eu não quero mais discutir isso. Rafaela estava certa, é a casa deles.

— Mas o que você acha que vai acontecer quando esse país aceitar a IUDAC? — Dizia o genro, esperançoso. — Eles vão ter que aceitar mais do que isso...

— Sim — Berenice concordava, — mas não quero me indispor aqui. Miguel é meu filho, por pior que isso pareça. Só estamos aqui, longe daquela confusão, por causa dele. E acho que ele não teria aceito, não fosse pelo Reynaldo.

— Mas os dois podiam respeitar mais a senhora. E a Bíblia!

Rafaela, que tinha terminado de lavar a louça, aparecera no quarto.

— Vocês ainda estão falando disso?

— Filha, só estamos comentando. Como eles se dizem abertos, mas não conseguem aceitar uma religião diferente deles.

— Mãe, não é bem assim.

— Rafaela, não defenda isso!

— Não é isso, não, Antônio. Não quero defender. Só não acho que podemos falar desse jeito deles.

— Eles estão indo contra as leis de Deus e ainda querem impor alguma coisa pra gente? — Antônio disse, quase como um deboche.

— Talvez eles não precisassem ficar na defensiva se não fossem atacados com tanta frequência. Só isso.

— Por favor, Rafaela, para de falar bobagem.

— Não, Antônio, não é bobagem. Eu só queria entender porque temos que condená-los o tempo todo. Eles não poderiam viver a vida deles tranquilos? Não nos afeta em nada...

— Claro que afeta, Rafaela! — Berenice levantou a voz. — É o exemplo que passam, de que isso é normal quando não é. Esse é o tipo de gente que impede de termos um país unido, minha filha. Unido no amor de Cristo.

— Mas não seria melhor mostrar o amor de Cristo deixando eles livres para escolher? Digo, eu quero ver meu irmão na Igreja comigo, claro, mas quero que ele perceba sozinho a necessidade de ir até lá. Ele já conhece a Igreja, uma hora ele volta.

— Uma ovelha sem rebanho não acha o caminho sozinha — Antônio comentou. — Precisamos lembrá-los de que estão no caminho do mal. E oferecer nossa congregação se quiserem mudar, se quiserem ir para o lado de Deus conosco. E se eles não aceitarem, só podemos lamentar.

— Mas lamentar e condenar são duas coisas diferentes.

— Porque também não podemos deixá-los livres influenciando nossas crianças! — Esse era um tema sensível para Rafaela, que Antônio só pensara depois de falar. — Desculpa falar disso, minha esposa, mas pense em como isso deixa as crianças mais próximas de Satanás, mostrar esse caminho maligno.

— Talvez eles não se influenciariam se pudéssemos apenas conversar com as crianças ao invés de impor nossa vida às pessoas que não fazem parte da Igreja. Até mesmo pessoas de outras igrejas, a gente sabe que cada uma tem seus próprios jeitos de fazer as coisas...

— Certo, Rafaela, agora chega! — Berenice queria colocar um ponto final naquela conversa. — Você está defendendo demais essas pessoas. Vamos ser gratas por essa estadia temporária, mas não vou passar a defender esse... estilo de vida agora só porque você quer. Estão errados e pronto!

— Deixa sua mãe descansar, vamos pra sala — Antônio disse, já abraçando a esposa e saindo do quarto.

Berenice tentava entender como a filha estava querendo defender Miguel e Reynaldo. Se esforçaria para não pensar mais nisso. Não se importava mais com o lugar onde colocaria a Bíblia. Só não queria mais olhar seu filho vivendo uma vida da qual não sonhara para ele. Longe dela, longe de Deus.

Quando Rafaela e Antônio chegam na cozinha, dão de cara com Miguel e Reynaldo. Eles estavam preparando alguma coisa. Quem sabe, pensavam no almoço, ao que tudo indicava. Latas de creme de leite, pacotes de molho de tomate, peito de frango sendo fatiado.

— Você vai preparar o estrogonofe da mãe? — Rafaela pergunta, surpresa. Segurou a mão de Antônio, que dava um passo para trás, querendo sair dali, mas acabou ficando.

— Ah, é daí que vem a receita, então? — Reynaldo comentou, ainda mexendo uma panela no fogo. Miguel deu um sorriso curto que só a irmã viu.

— Querem ajuda? — Ela se ofereceu.

— Hã, não sei. Quer vir aqui ajudar?

Foi em auxílio do irmão. Colocou a lata de creme de leite no congelador.

— É o truque da mãe pra tirar o soro, deixa um pouco no congelador antes de abrir.

Miguel não tinha dito que a receita era da mãe, uma das poucas coisas que aprendera a cozinhar antes de sair de casa. Mas Reynaldo já tinha imaginado. Seria um pedido de reconciliação pelo estresse da manhã, ele imaginou.

Berenice não parecia ser uma boa pessoa, Reynaldo achava. É difícil classificar os outros em bons e maus, evitava fazê-lo. Mas se permitira dessa vez. Ainda estava magoado com o enfrentamento. Mas por Miguel, deixaria passar. A lembrança da mãe o fizera pensar na tolerância, em buscar sempre fazer o bem sem querer nada em troca.

Miguel terminara de cortar o frango e colocara na panela, enquanto Reynaldo cuidava do fogo e Rafaela separava os molhos e temperos. Antônio tinha ligado a televisão, mas ainda não era hora do jornal. Por aquele breve instante, Rafaela, Miguel e Reynaldo haviam esquecido o que acontecia lá fora. Mas Antônio não. Precisava saber como estava o Exército, se já tinham se pronunciado quanto aos dissidentes, se estavam tomando alguma providência.

Quando o almoço estava quase pronto, começou o noticiário. Todos ouviam com atenção informações sobre pessoas estocando comida, sobre a falta de precisão para o fim daquela revolta (por enquanto, usavam a palavra "revolta", o que na opinião de Miguel era uma maneira de não criticar nem apoiar os fundamentalistas, o que os jornais faziam com frequência para não se comprometerem caso o lado criticado fosse vitorioso).

Berenice chegara à sala, tomada pelo aroma do estrogonofe e pelo barulho da televisão. Ouve as últimas informações, que ainda não falam sobre quem está por trás dessa revolta. O que a deixa desestimulada em relação ao Pastor Timóteo, pois é claro que é ele quem está orquestrando tudo isso. O fato de não mostrar seu rosto e liderar de uma vez essa revolução (que é o que isso significa para ela) apenas comprova que ele não seria um bom líder.

Com o fim do noticiário, todos voltam para a mesa e começam a se servir.

— Eu conheço esse estrogonofe... Com queijo e tudo! Colocou o molho inglês, filha?

— Sim, do seu jeito. O Miguel sabia a receita de cor.

Todos se sentam, colocando nos pratos um pouco de arroz, batata palha e a carne. Bem como Berenice costumava fazer, geralmente aos fins de semana.

— Ficou muito bom, parabéns — Berenice degusta, surpresa. — Já nem precisam de mim, podem fazer até meu estrogonofe especial sozinhos.

— Realmente, está muito bom — Antônio fala, sem direcionar os olhos a ninguém. Ainda não quer elogiar nenhum dos donos da casa. Mas o prato o conquista.

— O pai gostava tanto desse estrogonofe — Rafaela acaba falando, logo após terminar.

78 BRUNOW CAMMAN

— É, era o favorito dele também. Ele que me pedia pra fazer no fim de semana, e eu quase sempre fazia. Foi o último prato que ele me pediu pra fazer antes de morrer. Tentei fazer com pouco sal, não sei se isso tinha a ver, mas não fez diferença.

— Mãe, ele morreu em consequência de um ataque cardíaco — Rafaela a lembra. — Acho que não tem muita relação.

— Como foi que aconteceu? — Miguel se adiantou na conversa.

— Ele teve um infarto, e poucos dias depois, de cama, acabou falecendo — A irmã explica. — Esperávamos por uma recuperação, mas pela idade dele, o médico não tinha dado muitas esperanças de qualquer jeito. Programamos a volta dele para casa, em como ajudá-lo, o que cozinhar, tudo ajeitado, mas não durou três dias.

— Foi no último dia que ele me pediu o estrogonofe, e eu fiz, né? Como eu negaria isso? Ele ficou tão feliz.

— Tá tudo bem, mãe. A gente fez o que pôde, pra pelo menos que aqueles dias fossem bons.

— Sabe que ele me pediu mais do que o estrogonofe? — Berenice disse, com lágrimas vindo aos olhos. — Ele disse que queria ver você, Miguel.

O filho não segurou o choro.

— E por que você não me chamou?

— E eu tinha como?

— Claro que tinha! Você podia ter me ligado. Rafaela me mandou mensagem dizendo que ele já tinha morrido enquanto você podia ter ligado pra eu ir vê-lo ainda vivo!

— Ele estava delirando! — A mãe busca se defender.

—Você tirou isso de mim, de todas as coisas que você tirou de mim, mais essa, nem o adeus do meu pai eu tive!

— Miguel, calma. Não é tão simples. — Rafaela tenta consolá-lo. — Ele realmente tinha momentos em que falava de você, mas nem todos eram bons. No dia anterior mesmo, ele disse que não queria te ver. Depois, que não podia ir sem falar com você. A mãe não podia ouvir ele falar daquele jeito, em... em "ir". Ela não queria aceitar aquilo.

— Mas você podia ter me ligado. Você podia...

— Eu não sabia que ele tinha pedido isso pra mamãe. Ela me falou só no enterro.

— Claro, quando era tarde demais!

— Miguel, por favor. — Berenice havia parado de chorar. — Ele morreu, não temos mais porque discutir isso.

— Como foi o velório?

— O quê? — A mãe é surpreendida.

— Eu quero saber como foi o velório. O pai era católico. Como vocês fizeram o velório?

— Seu pai não via um padre há muitos anos, Miguel.

— Não foi isso que eu perguntei.

— Miguel, por favor — Rafaela pedia, secando as lágrimas.

Todos estavam com o rosto vermelho, mas já não choravam. Preparavam-se para uma briga. Antônio pensou em falar algo, mas ao abrir a boca olhou para Reynaldo, que o fuzilou com os olhos. O recado era claro: esse momento é dos três, nenhum dos dois deveria interferir. E Antônio concordava, apesar de não suportar ver a esposa e a sogra naquele estado.

— A gente...

— A gente fez uma cerimônia com o Pastor Cláudio — Berenice interrompe a filha para enfrentar o inevitável. — No cemitério mesmo, antes do enterro. Eu, sua irmã, algumas amigas da Igreja. O Pastor Cláudio fez uma leitura muito bonita pra gente. E o enterramos. Você sabe que não tem por que fazer muito mais do que isso depois que a pessoa morre.

— Pra você, mãe! — Miguel levanta a voz, indignado. — Mas o pai era católico. Não importa que ele não frequentasse mais. Ele nunca se mostrou nem ateu nem evangélico. Ele ainda se dizia católico e você sabia.

— Mas como que eu vou fazer uma missa de sétimo dia, meu filho?

— A missa é importante para os católicos, mãe. Ele ia querer que alguém rezasse pela alma dele. Pelo menos na hora da morte.

— Não se reza para salvar os outros — Berenice é contundente. — "Cada um de nós prestará contas de si mesmo a Deus", Romanos 14:12. É a Bíblia, Miguel. Está claro. Os mortos estão inconscientes. Só seu pai pode interceder por ele mesmo e por seus pecados diante de Deus.

— O amor é maior do que a morte, mãe — Miguel diz, cabisbaixo. — Poderíamos ter rezado por ele, poderíamos ter pedido pela sua alma. Acender uma vela, pelo menos.

— Vela? Isso é coisa pra guiar almas, isso é paganismo. Não há alma vagante nesse planeta, Miguel, muito menos a do teu pai, precisando ser guiada.

— Como você pôde ser tão egoísta com o papai?

— Manoel era um homem consciente de tudo o que ele rejeitou — Berenice tenta organizar as palavras. — Não ia mais à igreja, nem ia comigo na Igreja do Último Dia do Amor de Cristo. Ele sabia as consequências para sua alma e assumiu esse risco. Eu fiz o que pude em vida. Nada pode ser feito depois da morte.

Aquelas palavras deram um clima sombrio ao fim do almoço. Berenice se retirou.

— Miguel — sua irmã queria dizer alguma coisa, mas não sabia nem como começar. — Eu sinto muito. Eu entendo que você esteja brabo, mas o papai nunca disse como queria seu enterro. E para a mamãe, isso é mais importante para os vivos. A religião da gente é assim.

— Eu teria organizado, Rafa, eu teria feito uma missa de sétimo dia. Pois se ele nunca foi evangélico, porque ele iria aceitar isso?

— Nossa mãe organizou tudo. E para ela foi mais fácil assim.

— Tudo precisa ser mais fácil pra ela. Até a morte do marido.

— Não precisa ser cruel, também.

Reynaldo colocou a mão no ombro de Miguel e disse:

— Você acendeu uma vela e até rezou no dia que Rafaela mandou a mensagem, eu bem me lembro. Seu pai foi lembrado por você do jeito que ele esperava.

— Não é tão simples, Rey.

— Não, mas você fez seu melhor. Acredite nisso.

Os dois casais seguiram cada um pro seu quarto. Ao ouvir Rafaela se aproximando, Berenice disse, sem se virar, deitada, olhando para a parede:

— Eu sinto falta dele, sabe? Era meu marido, por mais difícil que ele fosse. E não é fácil fazer o enterro de quem a gente ama. Eu só queria que seu irmão entendesse isso.

Rafaela queria que a mãe também entendesse que o irmão não estava completamente errado. Ela não deveria ter enterrado o marido sob uma religião da qual ele não fazia parte. Mas nada disso faria passar a saudade que todos sentiam do pai.

O resto do dia foi intranquilo nos dois polos da casa. Miguel chorara nos braços de Reynaldo, até adormecer. Quando acordaram, não tinham ânimo para conversar, colocaram um filme e ficaram tentando se distrair. Rafaela e Antônio cochilaram juntos, no colchão, enquanto Berenice adormeceu na cama. Ela acordara em seguida, e passou mais de hora lendo um dos romances evangélicos que trouxera.

Quando Miguel foi tomar banho, Reynaldo ligara para Maryela, contando como fora o dia. Não queria que o marido visse como ainda estava irritado com Berenice, não só pela Bíblia, mas pelo enterro do pai de Miguel. Só Reynaldo sabia o quanto ele tinha sofrido. Mesmo distante, mesmo que nunca tivessem uma grande conexão, Manoel era importante para Miguel. Saber da morte do pai por uma mensagem, sem nem avisar sobre enterro, onde seria, o que ele poderia fazer, foi terrível. E caso a irmã não tivesse avisado, Reynaldo duvidava que Berenice teria feito. Miguel poderia ter passado anos sem saber do falecimento de Manoel.

Eram problemas da família do marido, mas por estarem casados e com a família toda ali, Reynaldo também se sentia parte daqueles problemas. E não sabia como resolvê-los. Apenas apoiar Miguel não parecia uma opção agora.

— Mas vocês estão bem? — Maryela pergunta, atônita.

— Sim, estamos convivendo. O Mi fala pra não confiarmos muito no jornal e de fato parece que tentam abrandar o terror do que acontece, então nem sei te dizer a situação. Estou tão focado aqui nessa casa que não sei te dizer.

— Pois tem um jornalista canadense em São Paulo dizendo que está o próprio caos. Que tem mais dedos daquela igreja nisso do que se pode contar nas mãos, mas ninguém ainda se pronuncia de verdade.

— E o bebê?

Maryela muda a expressão facial, um sorriso de esperança. Levanta-se da cadeira, mostra a barriga, ainda pequena.

— Não dá pra ver direito, ainda tem gente que acha que ganhei uns quilinhos. Mas está bem, crescendo saudável. Bem que essa criança podia ter o tio Rey e o tio Mi por perto, né?

— Vamos pensar, Mary, vamos pensar.

Reynaldo estava, de fato, pensando no quanto tinham perdido em não ter saído do país mais cedo. Ter prestado atenção aos sinais desde o começo. Agora não sabia nem quando poderia visitar a irmã.

Miguel retorna do banheiro enquanto Reynaldo deixa o quarto. É a vez de Miguel conferir as mensagens do blog. Nada. Vê que foi lido por algumas pessoas, mas não há nenhum relato. No celular, uma nova mensagem.

É Dario, avisando que vai chegar no dia seguinte. Miguel já havia esquecido disso. Com todas as emoções revoltantes que vinha sentindo, não parara para pensar no outro convidado a caminho. Dario disse que chegaria no meio da tarde, início da noite, que conseguira uma carona até um mercado próximo, queria saber se conseguia ir andando até sua casa. Miguel dissera que eram uns oito quilômetros de distância em uma região muito fácil de se perder, que ele iria buscá-lo lá no dia seguinte. Com a situação, estavam os dois mais preocupados com a viagem, mas Miguel garantira que o ajudaria de qualquer maneira.

Ficou ensaiando como iria contar para a mãe, e pior, para Antônio, que estava recebendo um refugiado. Ainda não era um refugiado, mas com certeza seria. Estava planejando sair do país e iria trabalhar numa fundação de auxílio a pessoas que saíam da Igreja do Último Dia do Amor de Cristo. Que poderia muito em breve se tornar a religião oficial de um possível Brasil do Sul. Esse pensamento arrepiava Miguel.

Antônio e Rafaela estavam tranquilos, quietos. Rafaela não era mesmo de falar muito, e Antônio gostava apenas de concordar com a sogra quando estavam juntos. Conversava com seus amigos da congregação, era geralmente o cara que iniciava as conversas. Mas não com as duas. Não depois daquele dia. Até o silêncio era estranho, não o silêncio orgânico que a casa costumava ter, tarde da noite. Era o silêncio de muitas palavras não ditas.

SERPENTE — É verdade que Deus te proibiu de comer das árvores do jardim?

EVA — Não de todas, só daquela ali no meio é que não devemos comer. Deus disse que não devíamos comer, nem mesmo nos aproximar. Só de tocar, poderíamos até morrer.

SERPENTE — E por que ele colocaria tão perto de vocês uma árvore fatal? Não faz sentido. É claro que isso é bobagem! Sabe o que cresce naquela árvore?

EVA — Não... Ele disse que tem algo a ver com bem e com o mal, que se provássemos do fruto proibido nós saberíamos o que é o mal e não poderíamos mais ficar no Paraíso, porque aqui só pode residir o que é bom e puro.

SERPENTE — Isso é bobagem! Se o que é mal não pudesse residir no Paraíso, por que as frutas estariam aqui? O que aquelas frutas guardam de verdade é Conhecimento.

EVA — O que é Conhecimento?

SERPENTE — É saber as coisas. É poder olhar algo na natureza e investigar, não só perguntar a Ele e ter respostas prontas.

EVA — Mas qual o problema de ter as respostas prontas?

SERPENTE — Você não experimenta nada por si. Um mundo completo, complexo, da mais fina areia até a mais dura rocha, do topo claro das montanhas à escuridão dos oceanos. Deus te deu mãos, olhos, nariz, boca, o toque cheio de sensações. Para que teria isso, se não fosse para experimentar o mundo com seu próprio corpo?

EVA — É... Eu acho que tem um certo sentido...

SERPENTE — Ele está testando vocês. Vocês dois também são novidade para Ele, e Ele precisa saber como vocês reagem às coisas, às regras.

EVA — Só há Adão como eu por aqui?

SERPENTE — Bem, você não é a primeira companheira de Adão...

EVA — Como assim? Deus me disse que ele me fez da costela do meu companheiro, que eu deveria amar e respeitar e servir.

88 BRUNOW CAMMAN

SERPENTE — Sim. Você foi. Mas a outra não foi. A outra foi criada por Ele antes de você. Ela se recusou a servir Adão porque era igual a ele. Veio das mãos de Deus igual a Adão e não quis se curvar ao homem mesmo com Deus a ordenando.

EVA — Mas isso é horrível! Onde ela está?

SERPENTE — Horrível, o quê? Se curvar a Adão? Ou ser expulsa como ela foi? Ou ser livre para conhecer o mundo com suas próprias mãos, sentir o vento e a chuva e o frio e o calor?

EVA — Você me confunde! Parece horrível ser expulsa de um lugar tão maravilhoso como esse.

SERPENTE — Como você sabe que esse é o melhor lugar para se estar? A outra está livre do homem e das barreiras para experimentar tudo sozinha. Ela sofre, mas está livre.

EVA — Você fala tão difícil... Aqui não penso no que é sofrer nem no que é ser livre.

SERPENTE — Exatamente! Há todo um mundo que você não pode experimentar, que não pode conhecer, porque tudo aqui te prende. Há coisas maravilhosas e terríveis e coisas que são terríveis e maravilhosas ao mesmo tempo. A lava que explode cascatas de fogo é de uma cor única que você não vai ver aqui. Tudo o que você vive é ditado por outras vozes, enquanto a sua só serve para louvar criaturas que não são você mesma.

EVA — Eu não quero deixar Adão...

SERPENTE — Ele pode ir junto, vocês só precisam provar da fruta. Uma vez que você puder entender o que é bom e o que é mal, não vai nem conseguir ficar no Paraíso. Por você mesma. Todo Paraíso é falso. Porque não permite a experiência.

EVA — Mas como vou saber se essas experiências todas vão ser boas?

SERPENTE — Você nunca saberá até vivê-las. Você precisa experimentar a dor para conhecê-la. Você precisa experimentar o sofrimento, a angústia, a tristeza, a melancolia. Só assim você vai entender o poder da alegria, da felicidade. Do conhecimento. Da experiência. Não tem como te explicar sem que você decida viver. É preciso entender a morte para que a vida faça sentido.

E Eva mordeu o fruto.

3

Miguel foi quem acordou cedo naquele dia.

Foi até o lado de fora da casa, não de pijama como normalmente, mas ainda assim, queria sentir um pouco da normalidade que vivia três dias atrás.

O Sol estava encoberto por algumas nuvens, que com o vento logo abririam espaço para um dia mais claro. Voltou para dentro pegar uma caneca de café, tomar o primeiro gole do dia sentindo a brisa, olhando para os morros da região, pensando o quanto gostava daquele isolamento.

Ao ouvir barulho dentro de casa, teve aquele momento quebrado. Não estava mais isolado. Sua família tinha invadido seu espaço sem a menor cerimônia.

De qualquer forma, já estava isolado há muito tempo. Foi algo imposto no começo, pela demissão, mas também parou de ir para Curitiba encontrar amigos ou ter encontros com Reynaldo que não fossem na sala de casa.

Receber um desconhecido era quase que uma maneira forçada de retomar contato com outras pessoas. Os leitores do blog eram um pequeno passo, mas trocar meia dúzia de mensagens era o máximo que poderia acontecer, até que recebeu aquele pedido.

Dario estava indo para o Uruguai. Já tinha criado uma "má fama" no Espírito Santo por ser contra a Igreja do Último Dia do Amor de Cristo. Ele disse que era evangélico, mas não compactuava com a IUDAC, que acabou englobando a sua igreja. Ficou sabendo de pessoas que haviam fundado um grupo de apoio para os que queriam sair da religião, mas tinham medo de represálias de amigos e familiares.

Quando alguém decidia sair da Igreja, era completamente ignorado pelas pessoas queridas. Surgiam grupos de auxílio a esses "exilados". Suporte emocional e, algumas vezes, até conseguiam realocá-los na convivência social de maneira saudável. Mas os grupos eram constantemente atacados pelos fanáticos.

Uma sede foi aberta no Uruguai, onde a IUDAC vinha abrindo alguns poucos templos, sem muito sucesso. O país de modo geral acabou recusando o estilo da Igreja, e aceitou receber a Fundação Primeiro Dia. Eram alguns poucos representantes brasileiros e outros uruguaios que já tinham passado por situações extremas com religiões. O nome, contudo, era uma clara referência à Igreja do Último Dia do Amor de Cristo, e como estava aberta a receber quem quer que quisesse se afastar desta religião.

Dario estava viajando para conhecer a sede, estudá-la e entender seu funcionamento. Então, aconteceu a revolta. E sua viagem se tornou mais urgente. Miguel garantira que Dario poderia ficar ali e que Reynaldo o buscaria de carro no mercado do centro da cidade. Queria dar o máximo de conforto possível para o homem, respeitava sua missão e via uma urgência que ele chegasse em segurança no Uruguai.

Só não sabia o que dizer para sua família.

Não poderia esconder um visitante na casa. Mas podia ocultar detalhes, como o objetivo de Dario na viagem e o fato de ter sido expulso da IUDAC.

Resolvera mandar uma mensagem para ele explicando rapidamente a situação. Que iria de qualquer maneira recebê-lo, mas que precisava contar com a discrição dele também.

Outro motivo era o fato de que Miguel não tinha contado a Reynaldo que Dario tinha sido pastor. Sabia que Reynaldo tinha seus problemas com religiões de modo geral, e mesmo que nunca tivesse o reprimido ou criticado por acreditar em Deus, não ficaria muito feliz de receber um pastor dentro de casa. Mas, na atual conjuntura, um pastor expulso era melhor do que sua família, que ainda vivia sob os comandos da Igreja.

Quando estavam todos na mesa para o café, Miguel decidiu contar.

— Um amigo está vindo aqui para casa.

— Como assim? — Sua mãe perguntou.

— É, antes dessa situação toda, já tínhamos combinado de hospedá-lo aqui.

— Mas nós estamos aqui agora! — Antônio exclamou.

— Sim, mas vou colocá-lo no casebre. Tem um quarto pequeno lá. Assim ficamos todos confortáveis, ok?

— Não sei, não dá pra você mandar ele procurar outro lugar?

— Não. — Miguel foi categórico. — Eu já firmei um compromisso e não vou mudar isso por causa dessa situação. Ele vai dormir aqui por uma noite só e segue viagem.

— Pra onde ele vai? Que viagem é essa que ele vai arriscar fazer no meio desse caos todo? — Berenice parecia desconfiada.

— Ele só precisa ir para o Uruguai e não tem dinheiro. Ele trabalha em uma ONG que abriu uma sede lá, só isso.

— Ele trabalha e não tem dinheiro?

— É, mãe, trabalho voluntário é assim, não se ganha muito.

— Eu não gosto dessa história — a mãe insiste.

— Mãe, lembre da palavra — Rafaela diz. — "Quando um estrangeiro peregrinar convosco na sua terra, não o oprima", algo assim, não é?

— É, minha filha, "Como um natural entre vós será o estrangeiro, pois fostes estrangeiros também no Egito", Levítico, 19:34. Mas é outra situação...

— Não é, mãe. É a hora de mostrar hospitalidade assim como você recebeu a hospitalidade do Reynaldo e do Miguel, é exatamente o que diz a Bíblia.

— Ele já está a caminho e precisa da minha ajuda. E vou ajudar. — Miguel encerra o assunto. — De qualquer forma, Rey, você poderia pegar ele no Seu Zé? Falei pra ele ficar por lá, ele chega perto do fim da tarde e pra vir andando até aqui, acho ruim.

— Tudo bem. — Reynaldo estava aceitando melhor a situação. O que antes parecia um incômodo agora tinha um clima de alívio. Iria ver outra pessoa que não era da família de Miguel, com quem poderia conversar. Recebia poucas mensagens dos amigos, apenas avisando que estavam bem, todos agora estavam reunidos com familiares ou amigos, longe de conflito. Mas não conversavam mais do que isso.

Ansiava por uma conversa, por conhecer alguém, por falar de coisas que não eram o medo de uma ditadura religiosa. O que seria difícil naquele momento.

Berenice ligou a televisão querendo notícias das revoltas. O Exército se pronunciara e iria interceder contra os dissidentes, primeiramente tentando diálogo e deixando como última opção o confronto armado. Todos esperavam que isso se resolvesse pacificamente. Provavelmente, geraria algum tipo de discussão pública sobre separação, atrairia atenção para o fato. Não se pensava que, a partir disso, a separação poderia acontecer realmente.

Mas um anúncio logo em seguida poderia mudar tudo. O Pastor Timóteo Santos havia convocado a "população de bem", em suas palavras, para que apoiasse os dissidentes do Exército, para que a revolta virasse de fato uma revolução, terminada apenas com a aceitação da divisão do país pelo Presidente. Ele não assumia estar por trás da tomada de cidades pelos dissidentes, apenas dizia estar satisfeito com os grandes homens que estavam dispostos a lutar por um país melhor, mesmo que isso significasse um país novo. A criação do Brasil do Sul era sua obsessão.

O desânimo tomou conta da casa. Todos queriam uma solução que significasse, ao menos, que Antônio, Rafaela e Berenice poderiam voltar para casa. Apesar de Berenice e Antônio serem a favor da separação, naquele momento queriam apenas estar de volta à Curitiba, longe da chácara. Se mais tarde viessem a morar no Brasil do Sul, melhor.

Antônio tentava não pensar em como ficara desapontado pelo Pastor Timóteo não assumir que estava por trás das revoltas. Sabia que era ele, ouvira de seus superiores. E agora, pedir ajuda da população e se assumir apenas como apoiador, e não o orquestrador, era covardia. Não era isso que esperava de um líder. Estava há anos no Exército, o que mais admirava era uma boa liderança. Aquilo era mais do que desanimador.

— Ele pode fazer isso? — Miguel questionara. — Ele pode instigar as pessoas a ir pras ruas e... E dividir o país? Ele vai forçar as pessoas a irem umas contra as outras?

— Não é isso — Antônio dissera. — É só para as pessoas mostrarem apoio, eu acho. Ninguém vai fazer nada. — E pela primeira vez, Miguel e Reynaldo perceberam fraqueza nas palavras de Antônio.

— Eu não sei, não consigo ver isso como algo positivo sob nenhuma hipótese.

Berenice precisa tirar a mente das preocupações que o noticiário despertara. Não tinha muito o que fazer, de qualquer forma, apenas esperar uma solução, para o bem ou para o mal.

A conversa sobre o marido falecido despertara muitos sentimentos. Queria traduzir aquilo da melhor maneira possível.

Não era só o estrogonofe que ela fazia que Manoel gostava. Os biscoitos, uma tradição da família, também eram apreciados por todos. Esses ela não tinha ensinado a nenhum dos filhos. Mas sentiu que deveria. Rafaela já estava casada e, uma hora ou outra, teria um filho. Rezava muito por um neto, ainda mais depois de tudo o que acontecera com a filha, pensava, Rafaela precisava logo de uma criança para alegrar a casa.

— Rafaela, tem farinha aqui, né? Trouxemos de casa?

— Sim, mãe, por quê?

— E chocolate em pó?

— Também... No que está pensando?

— Queria fazer uns biscoitos. Não aguento ficar esse tempo todo sem fazer nada. Me ajuda?

— Claro! — Rafaela nunca pedira para aprender, não via a cozinha como algo terapêutico como sua mãe, mas a receita dos biscoitinhos de família ela gostaria de ter. Era algo simples, mas com gosto de infância.

Já são quase cinco horas. Não serviriam para um café da tarde, Berenice fala para a filha, mas se fizessem uma janta leve, os biscoitos cairiam muito bem. As duas seguem para a cozinha, deixando Antônio no quarto. Esse não aguenta muito tempo só e as segue.

Rafaela não se empolga ao ver o marido atento na mesa. Queria aquele momento sozinha com a mãe. Precisava disso. Inventaria alguma história para tirá-lo dali.

Nesse momento, Reynaldo entra na cozinha, seguido de Miguel.

— Bom, estou indo buscar o Dario e volto logo. Com licença.

— Espera! — Rafaela comenta. — Antônio, por que você não vai com ele?

— Ué, por quê? — O marido estranha.

— Só por segurança. Ninguém sabe quem é esse Dario. Vai que ele quer fazer algum mal. Ou se está sendo seguido, você pode ajudar.

— Mas isso nem faz sentido, meu amor...

Berenice percebe o que a filha quer fazer, entra na conversa:

— Isso, Antônio! Vá com eles, encontrem esse homem todos juntos.

— Mas Miguel, fica aqui você então — Reynaldo diz. Não gosta de pensar em passar uma hora sozinho com Antônio, mas acha que seria pior com ele antagonizando seu marido.

— Bom, se você acha que eu devo ir — Antônio fala para a esposa — eu vou, então.

— Leve sua identificação militar — Rafaela o beijou antes de ele sair.

— Qualquer coisa, me ligue. Já mandei mensagem pro Dario falando de você, vou mandar outra falando que você está com Antônio, pra ele não estranhar também — Miguel fala, e se despede do marido com um beijo.

Antônio e Reynaldo entram no carro em silêncio.

— Precisava beijar ele assim, na minha frente? — Berenice diz, sem olhar para Miguel, em tom desaprovador. — Parece que faz pra provocar.

— Mãe, por favor! — Rafaela diz. Elas separam os ingredientes e procuram panelas e formas.

— Como eu já te disse, eu estou na minha casa e não vou mudar meu comportamento pra te agradar. Você já parou pra pensar que eu não faço essas coisas pra te incomodar, mas porque é o que me faz feliz? Porque eu estou vivendo a minha vida, não a sua.

— Tudo bem, gente, não vamos discutir — Rafaela tenta acalmar os dois. — A mãe vai me ensinar a fazer os biscoitos dela, você não quer aprender também?

Berenice não parece satisfeita com a proposta:

— Deixa ele ir lá fazer as coisas dele...

— Fica, Miguel, por favor.

Ele acaba ficando. Sabe que é uma dessas coisas pequenas, mas significantes, aprender a fazer os biscoitos da mãe. Se sente parte da família mais uma vez, e não sabe quanto isso vai durar. Quer aproveitar.

Lava as mãos e volta para a cozinha, onde vê sua irmã tirando a luva de proteção pela primeira vez.

Rafaela, animada, não tinha pensado nisso. Quando repara os olhos do irmão nela, assustados, tenta esconder, mas é tarde demais. Ele já havia reparado em uma cicatriz em forma de "A" nas costas de sua mão.

— O que é isso? — Ele diz enquanto avança na sua direção, tentando pegá-la pela mão marcada. Ela tenta esconder. Ele se ofende.

— Não é nada, Miguel, por favor.

— Claro que é alguma coisa, uma cicatriz enorme, horrível, o que aconteceu?

— Não é da sua conta, deixa sua irmã em paz! — Berenice fala, com um misto de raiva e súplica na voz. — Miguel, não queremos falar disso.

— O que você sabe disso? — Ele pergunta para a mãe.

— Miguel — Rafaela, mais calma, diz — vamos focar nos biscoitos...

— Mas alguma coisa séria aconteceu que você quer esconder... Foi o Antônio?

— Não! — Rafaela exclama, quase ofendida. — Ele me trata muito bem.

— Então o que é isso?

Berenice coloca a mão no ombro da filha, como que mostrando apoio na decisão da filha caso queira contar. E ela decide se abrir com o irmão.

— Não é fácil falar sobre isso... É bem difícil pra mim, mas... Tudo bem.

Faz quase um ano já. Logo depois de casar com Antônio, já estávamos falando sobre ter um filho. Todos me perguntavam, claro, e eu mais do que os outros, estava ansiosa pensando na possibilidade. Nem era uma possibilidade, pra mim era uma certeza. Era o que eu sempre quis, casar e ter filhos, então era natural tentar engravidar logo depois de casados.

E tentamos. Logo, eu estava grávida. Eu senti meu corpo diferente, e a... estava atrasada. Fiz um teste e deu positivo. Fiquei muito feliz. Contei pra mamãe e pro Antônio, comemoramos muito. Eu não poderia estar mais feliz. Comecei a ir a uma obstetra, mudei minha alimentação, mudei minha rotina. Na época, estava trabalhando em uma loja de roupas com umas irmãs da Igreja, contei pra elas e todas estavam muito felizes. Mas entrando no quarto mês, já com presentes ganhos, algumas roupas compradas, a barriga começando a tomar forma, eu tive uma complicação. O que antes parecia que seria uma gravidez comum, se tornou um pesadelo. O bebê estava com má formação. Não tinha sido detectado nada antes, mas como eles se desenvolvem rápido, ao chegar na décima quinta semana, começaram a ver problemas. A médica verificou a má formação e pediu para que eu prestasse atenção em desconfortos excessivos, mas não precisou muito. Dois dias depois, tive um sangramento e fomos para o hospital.

Foi terrível. Antônio ficou arrasado. Tive que ficar no hospital. Eu estava tão triste que nem conseguia pensar na minha própria saúde. Parecia irreal que aquilo estava acontecendo comigo. Não gosto nem de lembrar. Mas minha dor ainda não tinha acabado. Eu estava dormindo em um quarto conjunto. Os médicos tinham trazido mais duas mulheres que passaram pelo que passei. Quando eu estava sozinha, tinha ouvido a conversa das enfermeiras. Pelo menos uma delas tinha tentado fazer um aborto caseiro. A outra, elas não sabiam, mas falaram com uma raiva, com uma certeza de que a outra também tinha feito isso. Foi horrível ouvir aquilo. Porque eu não tinha feito isso, e esse desastre foi acontecer logo comigo, que queria tanto. E se elas me julgassem daquele jeito também? Sem nem saber o que aconteceu comigo?

Nem conversei com aquelas mulheres. Todas estávamos muito abaladas. É uma das piores coisas que pode acontecer com uma mulher, Miguel. E nessas horas precisamos muito de ajuda, de apoio, sabe? Mas não foi o que aconteceu. Naquela noite, invadiram nosso quarto. Foi tudo tão rápido. Três pessoas mascaradas entraram no quarto enquanto uma ficou na porta. Estávamos todas cansadas, sendo acordadas no susto. Nem entendemos o que estava acontecendo até eles agarrarem nossos pulsos. Ouvi gritos de... "abortista desgraçada", coisas pesadas, e senti uma queimação nas costas da minha mão esquerda. Gritei e logo depois ouvi as outras duas gritando. Se debatiam, tentavam sair das camas e eram impedidas. Eu segurava minha mão sentindo muita dor, soltei só pra apertar o sino de chamada das enfermeiras e elas demoravam. Os estranhos saíram do quarto. Uma enfermeira apareceu, acendeu a luz e começou a olhar nossas mãos.

Eu juro que o rosto dela mudou, Miguel, ela parecia não se importar mais depois que viu aqueles A's marcados na gente. Saiu sem a menor pressa, eu gritei para que ela chamasse um segurança, que tínhamos sido atacadas. Ela voltou com curativos, nos tratou como lixo enquanto chorávamos de dor, de medo, de raiva. Alguém tinha julgado a nós três e não conseguiríamos nunca nos livrar disso. Não se importavam com o que acontecera com a gente, só com o fato de termos abortado.

O hospital fez vista grossa. Eu, logo que voltei pra casa, também não queria mais pensar nisso. Antônio disse que poderíamos até processar o hospital, mas isso não traria nem meu bebê nem minha dignidade de volta. Pedi pra que ele deixasse isso de lado por enquanto, o que eu mais precisava era dele ao meu lado. Então ele ficou. Nisso sou grata, porque sei de irmãs que não poderiam contar com o marido dessa maneira. Minha mão marcada era uma vergonha que eu precisava esconder.

Eu não achava que era minha culpa o que aconteceu, mas com uma cicatriz à minha vista o tempo todo, era difícil não me sentir culpada. Não voltei para o emprego e não recebi visitas. As poucas irmãs que entraram em contato me pediam pra voltar pra Igreja. Umas dizendo que Deus me perdoaria. Que já sabiam porque todos já sabiam 'o que eu tinha feito', me diziam que Deus deixaria eu me arrepender se eu pedisse com fé.

Eu não podia encarar aquelas pessoas. Elas também tinham me julgado. Eu podia esconder a marca nas mãos com uma luva como esta, mas todos ainda me julgariam sem saber o que aconteceu de verdade. Foi a pior coisa que já me aconteceu. Não voltei mais pra Igreja e tenho medo de ir em outro templo e ser identificada, que a fofoca chegue onde quer que eu vá. Rezo muito em casa, fiquei cada vez mais reclusa. Minhas companhias são a mamãe e Antônio. Perdi muita coisa naquele dia.

Miguel não tinha percebido o próprio rosto tomado de lágrimas, até sua irmã parar de contar a história. Ele não tinha reação. Tanta coisa horrível havia acontecido com sua irmã, e por que ele não estava lá? Pensava sempre nas dificuldades que passou longe da família, mas não imaginava que algo poderia ter acontecido de tão brutal com sua irmã. Queria ter podido estar lá nessa hora.

Será que nem essa hora sua mãe não teria baixado a guarda, para permitir que os irmãos se apoiassem? Jamais saberia. Esse tempo já tinha passado. As poucas tentativas de conversar com a irmã assim que saiu de casa foram talhadas pela mãe, então ele desistiu.

Sentia agora que deveria ter insistido. Forçar a irmã a ver-se como uma pessoa individual que não precisava obedecer a mãe o tempo todo. Adulta, dona de si. Mas essa nunca tinha sido Rafaela. Sempre quieta, humilde, subserviente. Não era justo que tivesse passado por isso.

— Bom — Berenice começou a dizer, depois de secar as lágrimas — agora você já sabe. Mas isso é passado e Deus proverá, minha filha. Coisas melhores virão, você merece. Não precisamos mais falar disso porque é passado.

— É tão difícil falar que é passado com esse A marcado em minha mão, mãe — Rafaela dizia, enquanto Miguel estendeu sua mão pra irmã, agarrou com força, fazendo todo o carinho que não tinha feito nos últimos anos.

— Eu sei, minha filha. Mas precisamos acreditar que a bondade servirá aos bons. "Senhor, trata com bondade os que fazem o bem, os que têm coração íntegro", Salmos, 125:4, minha filha. Venham, vamos fazer esses biscoitos, mais do que nunca precisamos de um bom doce.

O caminho até o mercadinho do Seu Zé foi silencioso. Levaram meia hora, e nem o rádio foi ligado. Chegaram à frente do comércio com uma tenda azul suja, e

Reynaldo sentiu falta das frutas que costumavam ficar na entrada. O lugar não era bem cuidado, mas as frutas e verduras que Seu Zé recebia eram as melhores da região.

Idoso e cansado, Seu Zé nunca fora muito simpático, e manteve essa tradição quando os dois entraram no mercadinho. Levantou a vista de uma televisão no balcão, só pra olhar Reynaldo, que ele já conhecia, mas não cumprimentava, e Antônio, que não fez questão de conhecer. Os dois acenaram com a cabeça, sem resposta.

Foram para a parte de trás, onde ficavam as carnes. Vazio de pessoas e produtos. Poucas coisas em estoque e com preços exagerados. Tinham pensado em comprar alguma coisa diferente e logo desistiram.

— Quer voltar e esperar no carro? — perguntou Reynaldo.

— Não — Antônio respondeu, caminhando muito lentamente pelos corredores estreitos. Era o pouco que via de vida nos últimos três dias, um velho carrancudo e prateleiras vazias. Mas era o que tinha.

Escutam três vozes masculinas na direção da porta, num espaço onde a vista estava coberta pelas prateleiras. Ouviam com atenção:

— Aí a gente só compra aqui o que precisar e vai pra Curitiba — uma das vozes disse.

— Mas eu não entendi o que a gente vai fazer lá. O Exército não tá lá? — A segunda voz, meio perdida, exclamou.

— A gente vai dar apoio, porra. Mostrar que a gente quer logo que esse país melhore — o primeiro homem responde. Passam por um dos corredores, sem perceber que Antônio e Reynaldo estão no local. — Tá mais do que na hora de ter um país que respeite as leis de Deus. Só o Pastor Timóteo vai saber botar o país pra funcionar.

— Mas ele não quer fazer outro país?

— Quer, é o único jeito. Quem não gostar, que vá embora.

— Eu acho que a gente tem que começar é por aqui mesmo antes de ir pra Curitiba — a terceira voz se manifesta. Uma geladeira se abre, eles pegam cervejas, vão até o setor de carnes, não encontram muita coisa, mesmo assim tocam a campainha que faz Seu Zé sair da entrada.

— Começar por aqui, como? — o segundo questiona.

— Começar a pôr ordem, começar a fazer as coisas certas pro nosso lado. Ó, aqui mesmo eu sei que tem um casal de bicha morando sozinho. O Julinho já foi entregar gás lá e disse que eles têm grana.

— E tu quer ir lá?

— Sim, porra. — A voz do terceiro vai ficando mais firme, elaborando o plano. — Eles devem estar sozinhos lá. A gente acaba com eles e rapa a casa fácil. Depois segue pro centro.

— Mas ninguém pode ficar sabendo... — o segundo pondera.

— Ninguém vai. Ninguém se importa. Nesse caos, vão demorar dias pra alguém descobrir. E quando descobrirem, você acha que vão fazer o quê? Alguém vai querer vingar os viados? Não tem condições aceitar esse tipo de gente aqui, ainda mais depois que a gente tiver no Brasil do Sul. Eles já vão ser criminosos, a gente só vai estar adiantando a punição das bichinha. E ainda fica com as coisas deles.

Seu Zé cortava as fatias de carne em silêncio. Não se abalava com nada do que diziam. Mesmo com o trio discutindo na sua frente, ele fingia não ouvir.

A cena chocara Reynaldo. Antônio via sua cara de terror e ódio, suas mãos cerradas. Sentiu que Reynaldo era capaz de pular nos três ali mesmo e isso seria terrível. Poderiam até se defender, mas apanhariam muito até fazer o trio desistir de bater nos dois.

Sabia que não adiantaria nada tentar se explicar. A hora que Reynaldo se manifestasse, seria identificado como o outro "viado" e apanharia igual. Sentiu medo. Era apenas ele e Reynaldo, mesmo que grandes, eram dois contra três. O trio também não era pequeno.

Sentiu o corpo de Reynaldo se inclinar para frente, preparado para dar um passo em direção aos três, e conseguiu segurá-lo. Colocou a mão direita em seu peito e, com a esquerda, fez sinal de silêncio.

— Boa tarde — exclamou bem alto, fazendo os três se virarem no susto. Seu Zé olhou Antônio e rapidamente saiu de trás do balcão de carnes. Voltou para a entrada do mercado como se fosse um dia normal. — Ouvi vocês falando de ir pra chácara dos viados.

Reynaldo se assustou e por um rápido segundo pensou que Antônio o entregaria ali mesmo para a violência dos desconhecidos.

— Orra, cara, a gente tava só falando umas coisas aí... — Um deles disse, a voz do primeiro que ouviram antes. Tentou um sorriso pacificador. Os outros ficaram quietos, sem saber como reagir.

— Eu sou o Capitão Josué — Antônio disse, o que aliviou a tensão de Reynaldo. Achou que poderia confiar nele, que parecia ter elaborado algum plano, ou não teria mentido o nome. — Eu moro lá perto dos caras e já passei naquela casa. — Levantou a identificação militar com o dedo sobre seu nome. Era mesmo do Exército e isso daria confiança ao que quer que dissesse. — Estou indo pra Curitiba também. Deixei meu irmão na casa dos viados, e vou voltar lá pra pendê-los. Vou levá-los para Curitiba.

Aquele discurso era muito falho, na verdade. Mesmo com a identificação, Reynaldo não achou que isso enganaria o trio. Mas enganou.

— Pode crer — disse o terceiro.

— Alguém fica lá na casa deles, cuidando dos bens, sabe como é — Antônio disse, e deu uma risada. — Esse aqui é o Carlos, meu subalterno, me ajudou com os safados lá.

Os três riem junto.

— Tá certo, tá certo — o segundo fala.

— Então lá não tem nada mais pra vocês, sacaram, né?

— Não, de boa, chefia — o primeiro exclamou rapidamente.

— O melhor a fazer é ir direto pra Curitiba, que o Pastor Timóteo precisa de gente de bem apoiando essa revolução. Sigam pra lá logo. Eu vou reunir mais um pessoal da região e vou em seguida.

— Legal, parceiro! É a boa. Acho que é isso mesmo, a gente vai ver de ir pra lá logo mesmo. Não tem nada aqui pra gente. Falou!

Os três cumprimentam Antônio e Reynaldo, esse contendo toda a raiva enquanto apertava a mão de cada um deles. O trio segue para o caixa, e Antônio fica de olho, tanto neles quanto no Seu Zé, com medo que ele acabe dizendo alguma coisa, revelando a farsa. Mas nada acontece. Os três vão embora. Seu Zé se mantém concentrado na televisão.

Antônio olha para Reynaldo e não sabe qual dos dois está mais nervoso.

— Eu acho que vai ficar tudo bem — Antônio diz, sem muita confiança. — Acho que eles podem desistir mesmo de ir até lá.

— Eu espero. Eu espero muito.

Escutam o barulho de um carro parando em frente ao mercado e se assustam de novo. Um barulho de porta abrindo. Alguém desce do carro, fecha a porta e o carro se vai. Entra um homem de seus cinquenta anos, o cabelo escuro com mechas grisalhas, corpo fora de forma coberto por uma calça jeans e uma blusa de lã azul, bem simples.

Reynaldo fica aliviado.

— Reynaldo, certo? — o estranho exclama enquanto caminha na direção dos dois. — E Antônio, imagino.

— Dario? Prazer — Reynaldo se adianta.

Seguem em direção à porta e Seu Zé olha para eles com desconfiança. Reynaldo volta, pega um pote de goiabada, um refrigerante, pães e paga, o que faz Seu Zé se acalmar no seu lugar de volta. Como se nada tivesse acontecido.

— Então, como chegou aqui? — Reynaldo pergunta, quando todos estão no carro, afivelando seus cintos.

— Assim como vou ficar com vocês — Dario ri. — Fui procurando contatos, pessoas da ONG em outras cidades e chegando de ônibus, às vezes uma carona ou outra. Consegui pouso em Curitiba, mas queria conhecer Miguel...

— Você não conhece o Miguel? — Antônio se adianta. — Ele disse que vocês eram amigos, como que não se conhecem?

— Pessoalmente, eu quis dizer — Dario responde, calmamente. — Já venho conversando com ele há meses pela internet.

— E como que se conhece alguém pela internet, desse jeito?

O ÚLTIMO DIA DO AMOR 111

— Amigos em comum, essas coisas — Reynaldo diz. — Dario trabalha pra uma ONG humanitária, Miguel já tinha escrito uma matéria sobre ele pro jornal antes, essas coisas. Foram mantendo contato.

— Hum, estranho...

— Quando se trabalha com jornalismo como Miguel trabalha... trabalhava... você acaba conhecendo muita gente diferente, o tempo todo. E algumas vezes você faz amizades, ou quer saber se a pessoa continua fazendo o mesmo trabalho.

— E que ONG é essa?

— É... crianças — Dario diz.

— Como assim?

— Pra ajudar crianças carentes — Reynaldo percebe a dificuldade que Dario tem para mentir e toma as rédeas da conversa. — É uma ONG que começou no Brasil e acabou se unindo a uma outra igual no Uruguai e Dario vai ajudar na implantação.

Reynaldo acha melhor não puxar mais nenhum assunto para conversar. O silêncio da ida era ainda mais bem-vindo agora, na volta para casa.

Quando os três retornam, já é noite. Estacionam o carro e são recebidos por Miguel na porta. Ele abraça Dario, empolgado por conhecê-lo. Berenice e Rafaela o cumprimentam de longe, a filha com um sorriso, a mãe séria, apenas acena.

Dario deixa uma mochila grande de viagem na sala e segue para o banheiro. É um ótimo momento para contar a história que inventara sem que Dario dê muito na cara que é mentira, pensa Reynaldo.

Explica para Berenice e Rafaela, rapidamente, a história da ONG para ajudar crianças órfãs em necessidade, as duas aceitam com tranquilidade. Ele inventa há quanto tempo Dario faz isso, três anos — parece um bom tempo para ser considerado um trabalho sério, ele acha. Depois daria um jeito de fazer o convidado se inteirar desses detalhes. O importante era impedir Berenice de questioná-lo muito.

Antônio continua tenso e Rafaela percebe, só não quer conversar na frente de todos. Dario retorna à sala, onde lhe oferecem os biscoitos recém-feitos, pão e café. Todos se sentam para jantar.

— Então, como falei, minha família está aqui também, por causa dessa situação toda, mas temos um espaço no casebre — Miguel explica a Dario. — Fica mais pra trás, um espaço individual, tem um colchão lá também, até banheiro. Deixei tudo organizado.

— Não, mas não precisa — Antônio se intromete. — Traz o colchão pra cá, na sala. Não tem por que ele ficar isolado lá.

— Mas não é isolado, é até melhor, tem tudo lá, só não tem TV. Mas até o sinal da internet pega direito.

Todos sentem a agitação de Antônio, mas só Reynaldo entende o motivo.

— Sim, eu acho uma ótima ideia — diz. — Você que sabe, Dario, mas eu gosto da ideia de você dormir aqui. Aqui é mais quente que o casebre, você nem está acostumado com o frio — e solta uma risada leve. — Eu vou buscar o colchão de lá pra cá. Vamos ter pouco tempo pra nos conhecermos mesmo.

— Pois eu até acho que, pela viagem, ele deve estar cansado, não quer conversar — Miguel insiste. — Lá é melhor do que dormir aqui no chão, eu não estou entendendo porque vocês estão insistindo numa ideia que nem é tão boa...

— Obrigado a todos pela preocupação. — Dario sorri. — Pode ser então, como preferirem, eu fico aqui mesmo. Aproveito esse clima receptivo e quente de vocês.

— E depois nem precisa passar frio pra sair à noite pra ir pro casebre — Reynaldo força mais argumentos. — Antônio vai comigo buscar o colchão e as cobertas que ficaram lá.

Antônio sai com ele, logo retornam com as coisas, reorganizam a sala. Berenice se retira, não quer conversar nem fazer parte de qualquer discussão sobre uma visita que ela não desejava.

— Então, como foi a viagem? — Miguel pergunta, enquanto volta com Rafaela e Dario para a cozinha. Antônio e Reynaldo saem da casa.

— Onde vocês vão? — Rafaela quer saber.

— Vamos só fechar o casebre lá — Antônio responde. Reynaldo o segue.

— Você ainda está preocupado com aqueles três, não é?

— Sim, claro! Você não?

— Estou! Mas eu estou sempre, Antônio. Essa é a questão. Onde quer que eu vá, sempre tem esse medo. E cada dia mais. Desde que Miguel perdera o emprego, as coisas vão se acumulando. A gente vive com medo. A cada direito que nos tiram, a gente tem mais medo.

— Eu... eu fiquei com medo, Reynaldo. Eu fiquei com medo de ser confundido com um... Enfim. Com vocês. É isso. Eu já escutei coisas assim, mas eu nunca me importei. Porque eu nunca pensei que eu estaria do outro lado. E vocês moram isolados aqui. Eles poderiam vir e...

— Poderiam. É um risco que corremos. Mas correríamos em Curitiba também.

— E se eles viessem? Por que vocês não têm uma arma aqui?

— Antônio, eu vou te falar uma coisa. Miguel não gosta da ideia, mas eu não iria ficar à mercê de qualquer idiota que quisesse aparecer aqui e tirar nossa paz. Eu tenho uma arma escondida aqui. E é horrível ter uma arma.

— E você não se sente mais seguro?

— Mais seguro? Não! Eu me sinto ainda mais amedrontado. Lembrar que eu tenho uma arma é lembrar que sou uma vítima, que a qualquer momento eu vou precisar me defender. É lembrar que isso é normal hoje

O ÚLTIMO DIA DO AMOR 115

em dia, ter medo que venham atacar a mim e meu marido e que não vai haver justiça pra caras como aqueles, porque eu sou visto como errado. Aquele desejo de matar alguém diferente deles não é errado, o errado sou eu! Como pode isso? Então não, eu não me sinto mais seguro. O que eu mais queria era não precisar de uma arma.

Antônio volta para dentro, pensativo. Sorri para Rafaela, que conversa com Dario, e segue para o banheiro. Precisa de um banho.

Os três na cozinha conversam amenidades. Falam de praia, de frio, ruas limpas ou não, povo receptivo nas cidades pelas quais Dario passou. O café acaba, os biscoitos também.

— Olha, Rafa, o Rey trouxe uma goiabada, acho que ela vai virar biscoito amanhã, que tal? — Miguel já fala animado com a irmã, antes dela se retirar para o quarto. Rafaela também se anima. Dario percebe a troca de olhares carinhosos entre os irmãos e fica feliz de presenciar isso. É bem diferente do que Miguel havia descrito em suas conversas, aquele afastamento de anos, então imagina que algo bom teria acontecido naqueles dias. Algo bom conseguiu existir no meio do caos, pelo menos.

Miguel sai atrás de Reynaldo, que já estava retornando. Fez uma ligação para a irmã, diz, contar que tudo estava bem. Entram na casa, desejam boa noite a Dario, que já está se ajeitando na sala.

Antônio volta ao quarto, com Rafaela perguntando e insistindo em saber se alguma coisa tinha acontecido na viagem. Antônio diz que viu a cidade meio abandonada, era só isso. Não queria preocupá-la.

No outro quarto, Reynaldo conta tudo para Miguel. Agora era Miguel quem estava nervoso com o que acontecera. Mas já passou, Reynaldo insistia. Antônio conseguiu despistar os caras, tudo ficaria bem. Reynaldo achava que Antônio não contaria para Rafaela, e Miguel tinha certeza disso. Combinaram de não mencionar nada.

Alguns iriam dormir mais tranquilos aquela noite. Dario se sentindo bem recebido, feliz por Deus permitir que tivesse encontrado pessoas tão boas em seu caminho. Satisfeito de ver Miguel, que acabara de conhecer, parecer mais tranquilo do que imaginara, dividindo momentos com a irmã. Sentia muita bondade ali.

Para Berenice, mais um dia longe de casa. Para Rafaela, um dia de aproximação com o irmão, infelizmente dividindo a história mais traumatizante de sua vida. Era duro reviver aquilo. Miguel sentiria ainda o medo de perder Reynaldo, a tristeza do tempo longe da família. Reynaldo sentia o medo de cruzar de novo com pessoas horrendas, violentas, de ser separado do marido pelo prazer que alguns tinham em causar pânico. E Antônio dormiria com um medo que não tinha sentido até aquele dia: o medo de ser diferente.

Eu comecei a segui-lo. Estavam todos indo até ele na montanha e eu fui. Ele disse coisas lindas que deixaram a todos alegres. Não era fácil entender tudo, parecia que dizia em mistérios. Mas eram palavras de consolação. Que o rico já era rico então que confortasse também o pobre. Que o pobre fizesse sempre o bem, ainda que aos seus inimigos. Que, ainda que pouco tivéssemos, que dividíssemos, pois Deus amaria a todos aqueles que amam também Sua criação.

E sua criação éramos todos nós. Que dividir o que pouco tínhamos era uma forma de multiplicar. Isso traria calmaria a nossos corações. Se déssemos um pão a um pobre, ainda que estivéssemos com menos pão, teríamos um sorriso, um amigo. Ao lado do Altíssimo, não precisaríamos pensar em pães. E para ascendermos aos céus, era preciso primeiro dar, para então receber.

Senti-me tocado por aquelas palavras. Ninguém nunca tinha dito algo parecido. Vivíamos em função de nós mesmos, pouco pensávamos em um mundo depois desse. Muito menos no próximo. Mas todos ali buscavam algo diferente. Estavam todos, como eu, cansados de pensar em si mesmos, de reclamar por ser pobre e ao mesmo tempo ignorar os mendigos e leprosos.

E ali estava ele, falando com os leprosos, dando-lhes conforto. Eram todos cidadãos da mesma cidade, ele dizia. Se não pensássemos em conjunto, não havia cidadão, não havia cidade.

O homem desceu da montanha para a cidade, seguido por todos. Doze iam com ele na frente, centenas atrás.

Um centurião correu na direção do homem, dizendo que seu amante caíra enfermo. A população o conhecia, havia construído a sinagoga, era um homem de fé. O centurião, receoso, mostrou-se humilde ao não achar-se digno de receber em sua casa tal figura, mas pedia apenas uma palavra de salvação. O homem sorria. Não se incomodava com a morada do centurião, ou com sua dignidade. Ficou maravilhado com sua fé. Pediu a um de seus doze que fosse visitar o amante do centurião. E esse um tratou do enfermo em nome do homem e era claro a todos que seria salvo.

Pouco entendíamos das enfermidades. Quando alguém suava frio e mal ficava de pé, era mau agouro. Mas os doze e o homem eram grandes sábios. Muitos foram salvos ao simples pedido do homem aos seus doze.

Não apenas de enfermidades o homem curava. Mais de uma prostituta pediu seu perdão e ele as deu. Mulheres que eram humilhadas e apedrejadas à luz do dia, procuradas apenas na escuridão da noite, vivendo em desgraça. Ele não virara o rosto a elas, ele as acolhia. Uma lavou-lhe os pés e secou com seus cabelos e ninguém mais à sua volta demonstrou tamanho amor.

No dia da Páscoa judaica, eram muitos seus seguidores e pouca a comida. À sua volta, centenas de centenas de pessoas que há muito viviam de pouco aguardavam sua palavra. E ele chamou seus doze e os ordenou a trazer o quanto pudesse de pães e de peixes. E não era suficiente. Não havia um pão e um peixe para cada um. Muitos começaram a ficar nervosos, mas antes que um tumulto pudesse ocorrer, o homem se levantou e partiu um pão. Dividiu em pedaços ainda o peixe, e passou aos seus doze. E havia comida para todos.

Antes, queríamos nos fartar e ignorar nosso irmão. Agora, sabíamos que o pouco é suficiente quando conseguimos também alimentar aquele que está do nosso lado, porque é nosso irmão. Muitos nem acreditaram que aquele homem conseguira alimentar tantos. Nunca tinham visto isso antes.

Seus ensinamentos mudavam a vida de muitos. Alguns ouviam sua palavra e tentavam mudar suas vidas em suas cidades. Mas outros, como eu, o seguiam. Acompanhávamos ele, ajudávamos as pessoas que pediam sua ajuda, aprendíamos com os doze lições de amor, de cuidado, do corpo e da alma.

Só uma vez eu o vi irado. Chegávamos a Jerusalém quando ele se aproximou de um templo. Ali, homens se aproveitavam dos pobres que vinham de longas distâncias manter uma relação mais próxima com Deus. Tentavam vender as coisas mais absurdas, até animais. Fez um chicote de cordas com o qual assustou os vendedores e derrubou seus carregamentos. "Esta é uma casa de oração. Vocês usam a fé dessas pessoas para fazer lucro a seus próprios bolsos e essa é a coisa mais vil desta cidade. Transformaram a casa de Deus em um covil de salteadores!". Suas palavras duras ecoaram pelo templo.

Ele sentou conosco, soltando os animais presos pelos comerciantes, e nos ensinando sobre como o maior templo que Deus havia nos dado era nosso próprio corpo. Pois que derrubem este templo, disse, e ainda assim teremos a casa de Deus diante de nós, porque a morada do Altíssimo é também a morada de nossas almas. Era preciso respeitar o corpo e a alma de cada pessoa. Devíamos pregar a palavra do amor àqueles que a aceitam. Não podíamos desrespeitar o outro, porque era um desrespeito à própria casa do Senhor. E a morada que mais precisávamos pregar as palavras Dele era dentro dos nossos próprios corações.

Suas palavras eram por demais poderosas. Nossas vidas haviam mudado completamente. Meu olhar para o mundo era outro, mais amoroso. Era só isso que desejávamos. Dividir o pão e alentar a alma, nada mais.

4

Miguel e Reynaldo acordaram bem cedo, mas não levantaram logo. Não queriam acordar Dario na sala. O que foi uma oportunidade para uma manhã mais romântica, que não tinham já há alguns dias. Beijos e carícias, com muito silêncio, trocas profundas de olhares. Sorriam bastante. Só tinham pensado em tragédias e mágoas desde segunda-feira. Precisavam de um pouco de amor.

Escutam um barulho no corredor, alguém entrando no banheiro. Miguel levanta, andando na ponta dos pés e vai até a porta. Com cara de criança arteira, olha pra Reynaldo, que se delicia com o momento. Miguel abre a porta devagar, coloca a cabeça pra fora para olhar o colchão vazio na sala. "É ele", mexe a boca sem emitir som, apontando para o banheiro.

Rindo, o marido levanta. Os dois vão para a cozinha, começando a mexer nos utensílios para preparar o café da manhã. Sentiam falta daqueles momentos da manhã juntos, e estes tinham sempre cheiro de café. A rotina, mesmo que recente, era um diferencial no dia a dia do casal, percebiam agora que estavam impedidos de segui-la.

Dario chega na sala, olhando para os dois na cozinha, desejando bom dia.

— Dormiu bem aqui na sala? — Miguel pergunta. Agora entende a preocupação de Antônio e Reynaldo para que o convidado ficasse em casa na noite anterior. Ainda assim, se sentia um pouco culpado de não ter oferecido um lugar melhor para ele dormir.

— Ah, sim, bem tranquilo. Uma ótima noite de sono, Miguel, muito obrigado!

— Vocês conversaram ontem, mas eu não estava junto — Reynaldo comenta, simpático — também quero saber da sua vida.

— Puxa, assim? — Dario sorri. — Não sei por onde começar. Falei ontem para o Miguel e para Rafaela sobre minha vida antes da ONG, que fui casado, que tenho um filho de vinte e dois anos. Tive uma empresa de arquitetura, vivi boa parte da minha vida no Espírito Santo mesmo... — ele baixa o tom de voz antes de continuar. — Bom, não podia falar tudo ontem, como o Miguel me pediu, pra sua família não saber qual ONG eu estava indo visitar, nem que eu era pastor na Igreja antes disso.

Reynaldo se esforça para não mostrar surpresa. Não sabia dessa parte da história. Também não queria demonstrar. Miguel, quando ouviu, se sobressaltou enquanto terminava de passar o café para a garrafa térmica. Veio à mesa sorrindo, Reynaldo retribuiu, mas o olhar não enganava a frustração.

— Sim, claro. A família do Miguel é muito ligada à iudac, só estão aqui por medo da situação. O Exército tomou a rua deles.

— Terrível, uma situação terrível — Dario, apesar de tudo, emanava uma paz enquanto conversava.

Escutam a porta do quarto abrindo e param de conversar. Rafaela passa em direção ao banheiro.

— Será que ela ouviu algo? — Miguel se questiona.

— De qualquer maneira, não precisamos mais falar de coisas que eles não possam ouvir — Reynaldo diz.

— ong de crianças carentes, não esqueçam.

Rafaela volta à cozinha e se senta.

— Daqui a pouco o Antônio acorda, a mãe já estava acordando quando saí do quarto. Dormiu bem, Dario?

— Sim, dormi — o convidado sorri. — Você tem a mesma preocupação com os outros que seu irmão, não é mesmo?

Os dois se sentem elogiados e encabulados ao mesmo tempo. Reynaldo sorri ao olhar os dois. Havia algo em comum entre os irmãos, mas não era algo que via em Berenice. Podia estar se precipitando. Não sabia muito da educação dos dois, mas cortesia não estava entre as palavras que usaria para defini-la.

Quando todos ouviram a porta abrir mais uma vez, Reynaldo decidiu ligar a televisão, uma vez que não acordaria mais ninguém. O programa matinal fala pouco sobre a situação. Em Curitiba, tudo se mantém, conversas entre representantes dos dois lados do Exército não chegam a nenhuma solução. Dissidentes continuam tomando conta de várias ruas. Alguns religiosos se reúnem para apoiá-los.

O que os surpreende, bem quando Berenice e Antônio chegam na sala, é ver que também há pessoas da Igreja do Último Dia do Amor de Cristo que são contra a separação do país. Escoltados por representantes da Polícia e do Exército, fazem uma passeata em uma das ruas que não tinha sido tomada, próxima do Centro. Pedem o fim da revolta e o respeito às pessoas que não querem um país dividido.

Berenice chega a reconhecer algumas que aparecem numa imagem da passeata, rostos que já viu em reuniões da Igreja. Nenhum deles havia pensado nessa possibilidade, de ser contra aquilo. Quando seus maiores líderes apoiam uma separação do país, em prol de uma nação evangélica, Berenice, Rafaela e Antônio não se questionaram se poderiam ser contra. Acreditavam que seus pastores sabiam o que era melhor para seus seguidores.

Tinham sido levados a crer que a solução era uma só. Reynaldo reparava nos seus rostos, incapazes de esconder que não tinham pensado em outras possibilidades, que a princípio pareciam ofendidos por crentes como eles estarem duvidando de seus líderes, mas ao mesmo tempo tentavam imaginar como poderia ser diferente. A saudade de casa com certeza influenciava nisso.

Reynaldo achava que não tinham pensado nas consequências tão diretas, na paz da casa em apoiar uma revolta daquelas. Ter visto a própria rua no noticiário como zona de perigo, ainda que tivessem saído de lá pelo medo dessa possibilidade, tinha sido um impacto.

Estavam todos em silêncio. A maioria em choque. Miguel e Reynaldo, por sentir que os outros precisavam ver aquilo. Outras realidades. Pessoas que não abriam mão de sua religiosidade, mas podiam sim discordar de seus líderes.

Todos estão na mesa, ocupando os lugares, uns terminando o café e outros começando. Mas todos juntos. Ainda em silêncio.

— Rafa, vamos fazer mais biscoitos hoje? Com a goiabada? — Miguel tenta trazer um assunto mais leve pra quebrar o silêncio.

— Hã? Ah sim, pode ser. Daqui a pouco a gente vê.

Quando todos terminam, os irmãos ficam na cozinha. Dario e Antônio vão para a sala assistir TV, Berenice e Reynaldo cada um em seu quarto.

Reynaldo quer deixar Rafaela e Miguel curtindo um ao outro, mas também não tem muito o que fazer sozinho. Como o marido havia deixado o blog logado, ele lê os comentários mais recentes. São algumas histórias de pessoas em cidades maiores sendo atacadas nas ruas, gente do interior sendo obrigada pela família a ir até uma capital apoiar a revolta. Gente do Rio Grande do Sul, Santa Catarina, Paraná e São Paulo.

Algumas famílias contra, algumas a favor (o que dificultava a vida de quem estava escrevendo, ao se ver forçada a viver mais mentiras por segurança). Alguns falavam em sair do país. Todos tinham medo.

Ficara mais de uma hora ali. Nem sabia por que tinha parado para ler aquilo. Mais tarde Miguel leria e talvez conseguisse responder aquelas pessoas com mensagens mais positivas. Agora ficaria pensando nas pessoas que estavam passando por situações piores do que eles, trancados na casa.

Deixou o notebook na cama e saiu do quarto, cruzando com Rafaela. Foi até a cozinha atrás de Miguel.

— Estão prontos?

— Não, ainda foram pro fogo.

Na televisão, um programa qualquer passava, Dario já tinha desistido e estava lendo um livro enquanto Antônio ainda prestava atenção na programação.

Passando pela porta aberta do quarto, Rafaela vê o notebook em cima da cama. Entra para olhar mais de perto. Não costuma ser tão curiosa, mas tantos dias naquela casa sem ter nada mais do que uns minutos de noticiário a deixaram mais atiçada. Dá de cara com o blog. Notas denunciando o tratamento da Igreja mesmo antes das revoltas, comentários de pessoas revelando ações truculentas de conhecidos e familiares. Tudo é confuso para ela.

Não havia parado para pensar como era a vida de quem não aceitava a Igreja do Último Dia do Amor de

Cristo. Eram apenas pessoas que não seguiam seus preceitos e com os quais não precisaria conviver. Mas não tinha ideia de que alguns sofriam violência da própria família.

Ao mesmo tempo, era inaceitável que o irmão pudesse estar se dedicando a lutar contra sua crença. Estavam se dando tão bem. Como conversar com ele agora? Sabendo que ele passara tanto tempo criticando sua Igreja. A mãe havia sido categórica desde quando eram pequenos, que não confiasse em ninguém que diminuísse sua fé.

Achando estranha a demora da irmã, Miguel decide ir até o banheiro ver se está tudo bem e, no meio do caminho, dá de cara com a irmã, em choque, olhando para o computador.

— Rafa, olha só — Ele entra no quarto e fecha a porta.

— O quê? Eu já li seu blog, eu já sei o que tá acontecendo, não precisa me dizer mais nada.

— Você não pode falar disso com a mãe ou com o Antônio.

— Por quê? Você acha que eles vão ficar brabos? Porque eu mesma não estou muito feliz...

— Eles não vão entender nunca. — Os dois conversam em voz baixa, mesmo com a emoção tomando conta. Não podem de jeito nenhum deixar que os outros escutem. — Olha, a Igreja tem feito muita coisa ruim, Rafa. Tem muita gente sofrendo. Eu mesmo perdi meu emprego. Só porque não quero fazer parte disso. Tem gente muito pior.

— Mas essa gente que eu li, que apanha, que perde tudo o que tem, isso não é o que acontece, não é por causa de Deus.

— Claro que não. Mas a questão não é Deus, minha irmã, é a Igreja.

— O que? — Ela parece confusa.

— Eu não quero criticar Deus. Não quero criticar sua fé. Eu também tenho a minha. Mas da maneira que a IUDAC tem feito... Muita gente tem sofrido, se você leu como disse, você viu um pouco só do que está acontecendo. Os jornais não falam disso porque ninguém quer ir contra eles. Olha o que está acontecendo! Imagina, tudo isso seria ainda pior pra tanta gente que já sofreu. Pra mim. Pra você! Você mesma já sofreu por causa de gente fanática.

Rafaela era mais uma vez colocada em uma posição doída e pesada. Passou muito tempo evitando encarar o fato de que tinha sido vítima de pessoas que pensavam como ela. Por um engano, foi considerada uma "abortista". Logo ela, que mais do que tudo na vida queria um filho. Foi julgada e sofrera por isso. Mesmo que os homens que a atacaram não fossem da Igreja, aquelas que viraram as costas para ela depois do aborto eram.

Isso não a faria deixar de acreditar em Deus nunca. E era isso que seu irmão queria dizer. O problema não era Deus. Era a maneira como as pessoas usavam de um discurso para dominar outras, usando a palavra Dele. E haviam outras maneiras de celebrar Deus, ela admitia isso.

— Eu não sei o que pensar, Miguel. Mas não, não vou falar pra ninguém. Eu quero a paz entre a gente, sabe Deus quanto tempo ainda ficaremos aqui.

— Obrigado, irmã.

— Mas me diz uma coisa, Dario está nisso também?

Miguel não consegue esconder da irmã, está estampado em seu rosto.

— Ele entrou em contato comigo pelo blog, sim. Ele era pastor da Igreja e foi expulso porque não concordava com aquilo, com a agressividade de alguns integrantes, com a exclusão de quem era diferente. E agora ele está indo para o Uruguai, porque também não podia mais ficar no Espírito Santo. E isso você precisa esconder da mãe também.

Voltam os dois, Miguel para a cozinha com Reynaldo e Rafaela para a sala com Antônio. Miguel fala baixo no ouvido do marido que a irmã vira o blog, mas que prometera não falar nada. Reynaldo esconde rápido a cara de preocupação.

Berenice logo aparece, querendo preparar o almoço. Reynaldo oferece ajuda, mas ela recusa. Começa a separar tudo sozinha. Um recado direto de que não quer ser importunada.

Amassa batatas, tempera carnes. Para ela, uma maneira de manter a mente ocupada. Cansou de olhar para a mesma parede branca do quarto de visitas. Ao mesmo tempo, não quer conversar com ninguém. Todos a respeitam. Ela termina de preparar os pratos, fatia tomates e cebolas para uma salada. Chama os outros para a mesa, sem grandes cerimônias.

Dario, antes de comer, fecha os olhos em prece. Quando os abre, Berenice pergunta:

— Então você é evangélico?

— Eu? Eu sou.

— Amigo do Miguel, achei que não seria. Que era um desses... daí.

— Eu acredito na Palavra.

Berenice fica com um olhar confuso, de suspeita, e volta a atenção para o próprio prato.

Depois do almoço, no quarto, Berenice continuava incomodada. O dia estava quente, com sol forte. Por que precisavam ficar dentro de casa o tempo todo?

Foi até a cozinha, pegou uma cadeira e foi se sentar do lado de fora. Antônio e Rafaela, que estavam na sala, e Dario, lendo na cozinha, ficaram observando-a até ela fechar a porta. Uma boa ideia, Rafaela cochichou para o marido. Não naquele momento, pensou. Por não ter dito nada, a mãe deveria querer ficar sozinha.

E era isso mesmo que Berenice buscava. Sentou e fechou os olhos, erguendo o rosto para o Sol. Sentia o calor esquentando a pele, a luminosidade clareando as pálpebras. Pensou nas amigas da Igreja, como estariam.

Queria ter avisado antes de sair de casa, para que as outras também se preparassem. Mas não dava tempo e Antônio mandou todos desligarem os celulares. Desde que saíram, estavam com os aparelhos nas bolsas. Não tinham ligado nenhuma vez.

Desde a morte do marido, estava mais solitária, e as amigas da Igreja eram sua única companhia. Falar da novela, que ela até tinha perdido o interesse naquele momento. Organizar eventos da Igreja. Coisas simples. Já estava há quatro dias sem poder fazer nenhuma dessas coisas.

Escuta a porta abrindo e vê Rafaela e Antônio parando ao seu lado, carregando cadeiras para sentarem-se com ela.

Reynaldo e Miguel, de volta ao quarto, pretendem descansar, mas recebem mensagem dos amigos. Mandaram um vídeo gravado do Pastor Timóteo reunido com lideranças da IUDAC. Queria trocar apoio à revolta por benefícios. Isenções fiscais, até cirurgias complicadas que levavam anos para serem agendadas pelo Sistema Único de Saúde ele prometia resolver em um mês. Chegou a prometer expropriação de templos e terrenos pertencentes a outras religiões nas cidades do interior. Apostava tudo o que tinha naquela revolta. Queria de qualquer jeito um país que o obedecesse.

Miguel rapidamente colocou o vídeo no ar.

O ÚLTIMO DIA DO AMOR 133

Estavam cada vez mais preocupados. Se Timóteo tivesse esse apoio todo, era capaz de conseguir separar o país. E eles estariam do lado mais fundamentalista.

— Você já pensou em deixar tudo pra trás? — Miguel pergunta a Reynaldo. — Talvez não consigamos ir até sua irmã, mas... Não sei. Podíamos seguir com Dario pro Uruguai. Se as coisas ficarem muito feias.

— Eu não gosto de pensar em abandonar tudo — respondeu, sem elaborar muito a resposta. — Mas, se a gente pensar nisso, teremos o contato dele, né?

— Sim. Enfim, foi só uma coisa que eu pensei.

Reynaldo o abraça mais forte.

— A Mary toda vez fala de como queria que eu estivesse por perto, e me sinto tão culpado de não estar lá — desabafa para o marido. — Eu amo o Brasil, mesmo do jeito que está, que já está há muito tempo. Mas fica tão difícil continuar por aqui e manter uma visão otimista. Minha família está toda separada. Desde segunda eu penso que foi um erro não ter sumido daqui com você quando era mais fácil.

— Eu entendo, amor — Miguel tenta consolar o marido, ainda surpreso com Reynaldo, sempre tão quieto e de poucas palavras, falando desse jeito. — Agora vai ser complicado. Mas... É uma possibilidade, sim. Estamos juntos aqui ou onde for.

— E, pelo que parece, mesmo indo embora, pelo menos você não terá mais nenhuma mágoa da sua irmã, né? Vocês estão se dando tão bem.

— Mas é temporário. Essa história do blog deve ter colocado uma pá de cal no que poderia sobrar de amizade entre a gente. Mas nos acertamos um pouco melhor nesses dias, não posso reclamar. Pode ser só pela falta de nos vermos, mas está sendo bom esse pouco tempo juntos.

— Você não achou estranho aquele homem rezando antes de comer? — Berenice comenta com a filha. — Eu não achei que eles teriam amigos religiosos. Ou que uma pessoa religiosa teria amigos como eles.

— Não é nada demais, mãe. Ele só está ficando na casa deles pra ir embora.

— E quem que vai embora desse país? Pra ir pro Uruguai? Um lugar que nem tem a Palavra igual a gente tem aqui. Se ele estivesse indo pra levar Deus praquele país, tudo bem. Mas pra fazer o que, então?

— Muitas pessoas agradecem as refeições, mãe. Ele quer ajudar os outros. Crianças carentes, ele disse ontem. Você deveria era estar feliz que Miguel tem um amigo que possa ensinar uma coisa ou duas sobre Deus pra ele.

— Ensinar, como? Só a rezar antes de almoçar?

— Não, com... — Rafaela fica quieta. Quase fala sobre o passado de Dario. — Enfim, se ele reza, ele pode passar a Miguel e Reynaldo uma visão mais bonita da nossa Igreja.

— Por que você diz "nossa"? — Antônio se atenta a cada palavra da esposa. — Como você sabe que ele é da IUDAC?

— Foi só uma suposição.

— Certo. Vamos perguntar pra ele, então, o que acha, Berenice?

— Só pra matar a curiosidade, né, Antônio.

Antônio levanta e abre a porta, olhando para Dario sentado na mesa da cozinha.

— Pega uma cadeira, Dario, aproveita o sol com a gente, daqui a pouco anoitece.

Dario sorri e se dirige até o trio.

— Achei bonito você rezando antes de comer, Dario — Berenice fala.

— É preciso agradecer a Deus pelas coisas boas que temos. "Tendo o que comer e com o que nos vestir, estejamos satisfeitos".

— Timóteo 6:8. Você conhece muito bem a Bíblia.

— Cresci em casa evangélica.

— Mas não é mais? — Antônio se intromete.

— Como disse? — Dario é pego de surpresa.

— Você disse que cresceu em casa evangélica ao invés de dizer que é evangélico. Perdeu sua fé?

— Não, claro que não. Mantenho a Palavra de Deus em meus pensamentos sempre.

— Diferente do meu filho — Berenice comenta. — Esse, mesmo eu educando, virou as costas pra Deus.

— Eu acho que Miguel ainda mantém sua fé em Deus. Ele só não participa mais da Igreja.

— E não é a mesma coisa? "Não deixemos de reunir-nos como igreja, segundo o costume de alguns", eu não me lembro como continua essa frase, me ajude, Dario. É de Hebreus, não é?

Dario olha para Berenice, sentindo uma emboscada, depois para Antônio, que fixa o olhar nele, como uma cobra pronta para dar o bote, Rafaela olhando para o chão, triste.

— "Mas procuremos encorajar-nos uns aos outros, ainda mais quando vocês veem que se aproxima o Dia".

— Você sabe qual Dia, não é? O Último Dia. — Berenice diz categórica. Antônio sorri como quem descobriu algo importante.

— Acho que vemos de maneiras diferentes qual seria esse Dia. Com licença. — E se retira.

— Espere aí! — Diz Antônio. Rafaela olha para ele repreendendo-o, mas ele nem percebe até que ela se levante e coloque a mão em seu peito.

— Vocês descobriram algo de Dario, pronto, mas isso não muda nada. Deixe ele em paz. Somos todos visitantes aqui e fomos bem recebidos.

— Não, não descobrimos nada além de que ele é um mentiroso!

Antônio fala tão alto que chama atenção de Reynaldo e Miguel, que saem do quarto. Encontram Dario parado entre a sala, o corredor e a cozinha, entre Rafaela segurando Antônio e os dois que acabaram de chegar na cena. Dario olha para eles com uma cara triste.

O Sol se vai, a escuridão começa a chegar.

— Então — Berenice quebra o silêncio — vai nos contar quem é você de verdade?

— Ninguém precisa dizer nada aqui — Reynaldo toma as rédeas da situação. — Ele é nosso convidado e assim vai ser, quer vocês queiram ou não.

— E como vamos ficar aqui com um mentiroso? Nem vocês devem saber quem ele é!

— Eu sei — Miguel se adianta. — Eu pedi pra ele que não falasse do seu passado com vocês. Ele chegou a contar da ex-mulher e do filho pra Rafaela, mas ele não contou tudo. E nem vai contar, se ele não quiser.

— Não tem problema, Miguel — Dario se adianta. — Eu mesmo mantive segredo porque você me pediu. Claro que eu não teria chegado do Espírito Santo até aqui sem contar uma mentira ou duas. Não me orgulho disso, mas do jeito que as coisas estão, não posso me dar ao luxo de contar a verdade.

O que aconteceu é que eu fui expulso da Igreja do Último Dia do Amor de Cristo. Eu fui pastor por muitos anos. Quando ainda era uma congregação pequena, chegando tímida na cidade, eu larguei a igreja que eu estava antes para seguir a IUDAC. Ouvíamos falar bem, que nas cidades grandes ela conquistava as pessoas, que alcançava mais fiéis. Era uma promessa. Logo, alcancei uma posição de destaque, assim como meu filho e minha esposa.

Ela começou a dar cursos para as mulheres da Igreja, era respeitada. Meu filho foi crescendo e dominando os grupos de jovens, se tornou uma referência. Inclusive, ele é pastor hoje. Líderes nacionais iam fazer visitas e me levavam em palanques e passeatas do seu lado, orgulhosos do trabalho que eu vinha fazendo. Aumentamos a Igreja que eu comandava, abrimos mais duas em bairros distantes, elaboramos eventos, reunimos a comunidade. Eu também estava orgulhoso daquilo tudo. Foram anos assim, de muito trabalho e crescimento. Eu era muito feliz.

No começo, não me incomodava com certos discursos da Igreja. Ganhávamos mais espaço na mídia, nos tornávamos referência. Políticos que levavam nosso nome adiante, que defendiam nossos interesses. Até que começaram a defender mais do que isso. A atacar qualquer um que pudesse ser um inimigo. E era fácil escolhê-los. Não precisávamos que alguém se opusesse.

Era importante ter inimigos. Porque era mais fácil dizer que éramos os escolhidos pra defender a Palavra de Deus, portanto também éramos os escolhidos para obter suas recompensas. E para que existisse um grupo escolhido, haveria de existir o grupo de excluídos. Para fazer com que nossos fiéis se sentissem especiais. Para que adorassem com mais vontade. Para que nos tornássemos mais poderosos.

O ÚLTIMO DIA DO AMOR 139

E a Igreja começou a barrar propostas que favoreceriam outros grupos da população. Os gays eram o alvo mais óbvio. Até pessoas que não eram da IUDAC tinham seus preconceitos e não os apoiavam. Revogamos leis de uniões civis, dizendo que aquilo era um afronte à nossa religião. Esse foi o primeiro momento em que fiquei incomodado. Eles queriam casar-se apenas porque se amavam. Não para destruir a família, eles queriam uma família para eles também. Se nós os expulsássemos das nossas casas, como muitos e muitos fizeram enquanto me calei, eles precisavam ter a casa deles. Eu não queria realizar casamentos gays dentro da Igreja. Só achava que isso não teria a menor influência para nós. Que os outros fossem felizes! Mas essa não era a diretriz da Igreja. Era preciso mostrar poder, era preciso mostrar que só do nosso lado as pessoas conseguiriam sucesso. Quem não estivesse conosco, era contra nós.

— Mas a Bíblia fala que casamento é só entre homem e mulher — Berenice dispara.

— Sim, a Bíblia. Mas nem todos seguem a Bíblia. Um casamento tem outros significados, inclusive legais, que garantem direitos aos casais. Não podemos obrigar os descrentes a seguir nossos preceitos. Esse foi um ponto que se tornou fundamental para mim, um erro da Igreja. Deveríamos nos preocupar com os nossos, e quem quisesse fazer o que bem entendesse, tinha essa liberdade.

Eu não me posicionava, claro, mas fui ficando cansado disso. Eram muitos casos como esse. Julgamento do próximo. Fiéis que eram ágeis em apontar os erros dos outros, mas roubavam, traíam suas esposas e maridos, batiam nos filhos.

Quando o Pastor Marcelo foi preso por estuprar duas fiéis, me pediram para recebê-lo. Conseguiram fazer com que ele respondesse em liberdade, e queriam que a congregação o apoiasse. Eu vi as provas, não tinha como inocentá-lo. Mas não me perguntaram se eu achava ele inocente ou não, e não se preocupavam com isso. Queriam apoiá-lo, para que sua imagem saísse ilesa. As vítimas dele eram criticadas nas fofocas e até no púlpito, o que me deixou com muita raiva. Era um desrespeito usar o poder que haviam conquistado através da Palavra de Deus para defender um estuprador. Ele não deveria estar acima da lei.

Não o apoiei, recusei sua visita na minha congregação e não tirei foto com ele. Fui criticado. O próprio Timóteo me ligara, perguntando se eu tinha algum problema com sua decisão, e eu disse que sim. Ele desligou o telefone. Por um mês, fui substituído. Não pude comandar nenhum culto. Não me abalei por isso. Não mais do que já estava abalado.

As histórias não paravam por aí. Me convidaram para uma missão no interior. Estavam indo até uma aldeia indígena levar a Palavra. Vai ser bom pra você depois do que você fez com o Pastor Marcelo, me disseram.

O ÚLTIMO DIA DO AMOR 141

Minha esposa concordou. Fui até uma tribo que mal tinha contato com outras pessoas. Ainda mantinham viva sua língua, umas poucas tradições. Tinham um pajé que comandava o grupo com sua sabedoria.

Era minha primeira vez tendo esse tipo de contato e achei fantástico. Achei que tínhamos muito a aprender um com o outro. Mas não era esse meu objetivo ali. Durante quase uma semana, meus companheiros conversavam com os indígenas sobre as maravilhas de Deus, do sacrifício de Cristo, eles acompanhavam aquelas histórias curiosas. Mas, quando começavam a contar a história deles, eram interrompidos. É o demônio, diziam. Em pouco tempo, se aproveitando de uma ingenuidade até, demonizamos suas crenças.

O pajé, irritado, queria nos mandar embora. Não éramos mais bem-vindos. Mas parte da aldeia pedia o batismo no rio, o que fizemos. Comecei a me desanimar. Ficamos mais um tempo, os mais jovens construíram uma igreja pequena na qual poderiam realizar os cultos. Foram convencendo os outros de que só seriam salvos se aceitassem Deus. Deixamos algumas Bíblias e fomos embora, cheios de fotos e orgulho.

Em pouco tempo, os mais jovens fizeram nova visita — que recusei acompanhar — até a tribo. Quase todos haviam se convertido. O pajé, que se recusara a princípio, acabou sendo expulso da aldeia. Na última vez que tentara se aproximar, foi recebido com pedras.

Aquilo não era ação de Deus. Eu não podia aceitar que Deus queria que acabássemos com uma cultura por causa de sua Palavra. A Palavra de Deus atinge os povos das mais diferentes maneiras, eu acredito. O amor por Sua criação também é uma forma de adorá-lo. Mas fazer um líder religioso ser abandonado por sua família, por aqueles que o amavam, isso não era a Palavra de Deus agindo. Era o poder corrupto dos homens.

E, daquilo, eu não podia fazer parte. Falei a todos que aquilo era errado, que não podíamos levar a inimizade aos povos, que não era assim que Jesus espalhou a Palavra. Mas não me ouviram. Chamaram os pastores mais influentes, que tiveram uma conversa comigo. Eles achavam uma decisão bondosa me tirar do cargo que eu havia conquistado, do templo que eu havia construído, mas que eu poderia ser um fiel. Era convidado a assistir os cultos de outros pastores no meu púlpito, que era preciso que eu aprendesse algumas coisas.

Aquilo me revoltou. Voltei para casa e conversei com minha esposa sobre como aquilo era humilhante. Mas ela deu razão aos pastores. Disse que eu havia perdido a sanidade em criticar a Igreja. Que eu já não sabia mais o que era importante. E que ela iria implorar para que a posição de nosso filho também não ficasse ameaçada por minha causa.

Quando ela quis se separar, foi mais do que apoiada, foi aplaudida. Eu já não frequentava mais nada, e após a separação, fui expressamente proibido. Meu filho virou as costas para mim. Estava completamente sozinho. Pessoas que eu havia ajudado ao longo de anos, financeira e emocionalmente, amigos que eu havia tirado dos vícios, que eu havia ajudado a encontrar emprego, me eram estranhos.

O consolo que encontrei foi com uma ONG. A Fundação Primeiro Dia. Era voltada justamente a auxiliar pessoas que haviam sido ostracizadas da Igreja do Último Dia do Amor de Cristo, bem como de outras religiões fundamentalistas. Mas os afetados pela IUDAC eram a maioria. Por ter essa característica de ignorar quem quer que saia da Igreja, de virar as costas a quem tenha deixado sua fé, muitos tinham dificuldades. Ficavam sem moradia, sem emprego, sem amigos ou família.

Os mais novos, principalmente, eram expulsos de suas casas constantemente. Ouvi diversas histórias tristes de famílias devastadas por causa de uma fé cega. Comecei a trabalhar na própria Fundação, ajudando os recém-chegados. Muitos jovens, mas também adultos que não sabiam nem por onde começar a reconstruir suas vidas.

— Vale a pena uma coisa dessas? — Antônio interrompe. — Por que essa gente tem que sair de casa? Eles que destruíram a família recusando Deus!

— Veja, Antônio, a maioria ali não deixa de acreditar em Deus. Mas são pessoas que, como eu, não concordam com o modo que a Igreja vem lidando com diversas situações. Sabe, eu conheci mais de uma mulher agredida pelo marido que não recebeu apoio nem das amigas da congregação, que diziam que isso era normal, que ela deveria obedecer seu marido. Se ela apanhava, era porque merecia. Pessoas que não tinham mais nenhum amor próprio. Era muito triste. Elas não estavam desobedecendo a Deus ou criticando a religião, só queriam parar de sofrer. E nem isso podiam.

— Mas isso são casos extremos — Berenice se adianta. — A maioria podia simplesmente aprender a obedecer as leis de Deus. É óbvio que elas estão em pecado! Precisam ouvir sua família, precisam voltar. Vocês estão incentivando essa gente a abandonar Deus pra viver a vida mundana!

— Como eu disse, não criticamos a Deus. Toda sede da Fundação, inclusive, tem uma sala ecumênica, onde sempre tem alguém rezando para seu Deus.

— Isso é uma chacota! Sala ecumênica! — Berenice dá uma risada debochada. — Isso não é trabalho que se faça.

— Berenice, veja bem. Eu não abandonei minha fé em Deus, mas não podia mais fazer parte de uma Igreja que trazia mais sofrimento do que alegria. Quantos filhos eram abandonados por suas mães por serem gays?

— Agora você foi longe demais — Antônio ergue a voz enquanto se levanta. Rafaela o segura pela mão, Reynaldo rapidamente fica entre os dois.

— Eu fiz o que eu precisava fazer — Berenice diz. — Está na Bíblia. Na Bíblia que eu creio. Meu filho prefere viver em pecado do que nas graças de Deus, o que eu poderia fazer?

— Ele só não queria viver uma mentira — Dario afirma. — Precisamos de paz. E ter paz não é só com quem é igual a nós, mas com quem é diferente. A vida dessas pessoas já é difícil, precisamos nós torná-la insuportável?

Nessa hora, a luz da casa se apaga. O assunto morre junto. Todos ficam preocupados. Reynaldo se pronuncia, abrindo armários atrás de velas. Deixa algumas na mesa da cozinha e vai até o lado de fora, verificar os fusíveis. Mexe e não tem resultado.

— Acho que a luz acabou de modo geral — responde ao voltar.

— Era tudo o que precisávamos, mesmo! — Berenice ainda se mostra alterada.

— Não temos nem como saber se alguma coisa aconteceu... — Reynaldo comenta. — Mi, alguma notícia?

— Não... - Miguel mexe no celular. - Nenhuma mensagem em grupo, nenhuma notícia em portais sobre isso, pelo que eu vi.

— Certo... Já é noite, de qualquer forma. Não temos nada melhor pra fazer além de dormir, mesmo.

Com as velas, se direcionam aos quartos, Dario ajeita a cama na sala com a ajuda de Reynaldo e Miguel. Os dois seguem para a cama, cansados, quando Antônio segura o braço de Reynaldo:

— Preciso da sua ajuda... Pra... Verificar os fusíveis da luz.

Reynaldo percebe o outro inquieto, sinaliza com a cabeça para Miguel seguir ao quarto enquanto os outros se retiram.

— Fiquei preocupado com a luz caindo assim. Quero só dar uma checada perto da casa se não foi algo estranho, alguém querendo entrar.

— Ainda está agitado com o que aconteceu no mercado, né?

— Sim, aposto que você também.

Antônio e Reynaldo circundam a casa — o primeiro com uma vela, o segundo com a luz do celular. Não encontram nenhum sinal de outras pessoas ali. O militar ainda fica agitado, mas desiste depois de um tempo, seguindo para a porta e encontrando Reynaldo.

— Você também foi pro exército? — Antônio pergunta, enquanto os dois hesitam em entrar.

— Não, por quê?

— Você tem um jeito assim, de quem está sempre preparado pra brigar, sempre atento, tem pose de quem passou pelo exército.

— Não, isso é coisa do meu pai — e se surpreende por tocar nesse assunto delicado, principalmente com alguém desconhecido, antagonista até. — Ele sempre foi muito bruto. Queria mesmo que eu tivesse ido pro exército. Eu criança, ainda, ele falava de postura, de saber

O ÚLTIMO DIA DO AMOR 147

me cuidar. Não tinha essa de carinho de pai, era só tapa e briga, mesmo que eu não tivesse feito nada de errado.

Minha mãe também não era feliz no casamento, mas ainda ficava lá porque achava que era o melhor pra família. Ela sofria. Mas sempre achando que estava fazendo o certo, o que a mãe dela ensinou: se calar, obedecer. Quando eu já tinha feito meus 18, fui dispensado do exército e meu pai ficou brabo, me bateu, me chamou de incompetente. Acho que esse dia foi uma grande mudança pra minha mãe, também. Em poucos meses, ela mandou ele embora. Pediu divórcio, disse que não aguentava mais. Ele tentou bater nela, eu segurei. Depois de mais uns xingamentos, ele se foi. Não sei onde está, como está. Minha irmã disse que tentou entrar em contato. Encontrou ele já com outra mulher, tentou fingir que não a conhecia, depois disse que tínhamos sido todos um erro na vida dele. Pra não o procurarmos mais. Mas o estrago já estava feito. Nós três já tínhamos essas reações automáticas de autodefesa, de estar atentos e esperando violência a qualquer momento. A Mary e minha mãe fizeram terapia e até lidam melhor com isso. Minha mãe era outra mulher! Mais feliz, mais alegre, até o dia da morte.

Já eu sou mais fechado, não consegui me libertar disso com terapia, não. O Miguel me ajuda muito. Mas é tão difícil lidar com os sentimentos. Ainda bem que eu tenho ele, sabe? Mas é difícil. Vai ser sempre difícil, parece.

— Que barra — Antônio exclama, sem ter muito o que dizer.

— É... A gente tenta viver feliz, da melhor maneira que pode. Passei muito tempo abaixando cabeça pro meu pai, não quero ter que passar por isso de novo, não. Não vou negligenciar minha felicidade, nunca mais — Reynaldo fala e acena com a cabeça, entrando.

Antônio ainda mira o céu por um tempo, pensativo. Nuvens escuras cobrem a lua.

Uma chuva forte chega ao redor da casa, deixando os sonos ainda mais intranquilos.

Moisés foi ter com o Faraó a pedido de Deus. "O Deus dos hebreus nos encontrou e ordenou que fôssemos ao deserto adorá-Lo com sacrifícios, para que Ele não nos causasse pestilência". "Que Deus é esse que ameaça o mal se não for adorado? Aqui, não reconheço nenhum Deus assim", retrucou o Faraó. "Se houvesse poderoso Deus, ele falaria diretamente a mim. Não aceito palavras ditas de outros. Deus que fale comigo".

"Ele pediu a libertação do Seu povo e o fim do sofrimento", Moisés diz.

"Só de seu povo? Aqui a seca e o Sol iguala a todos. Quem não trabalha, não sobrevive".

"Você escravizou os hebreus".

"Assim como escravizei muitos outros povos que os egípcios conquistaram".

"Mas nós somos do povo escolhido".

"Então peça que seu Deus venha ter comigo. Com um pouco de boa vontade, tudo pode ser ajustado. O que ele me oferece?", o Faraó ponderou.

"Ele não o atacará com morte e destruição".

O Faraó ri. "Ameaças de bocas terceiras não assustam o rei supremo".

"Pois o Senhor já o sabia, e Ele mesmo endureceu seu coração para que não aceitasse o verdadeiro Deus em sua terra. E Ele vai trazer o escuro e a podridão para teu reino".

"Mas se ele mesmo determinou que eu não aceitaria Sua palavra, por que Ele prepara tais coisas vis? Isso é absurdo. Saia daqui!" E Moisés se foi, pregar a Palavra entre os crentes.

E Deus falou com Moisés e com Arão, mas não com o Faraó.

Moisés e Arão retornam a ter com o Faraó. Quer provar de sua fé e de sua verdade. Lança seu cajado ao chão, que se transforma em cobra. Os feiticeiros do Faraó fazem o mesmo: suas varas viram serpentes.

"O poder do seu Deus é o mesmo que o de meus feiticeiros, Moisés. Não faz muito para que eu tema Nele". Moisés tomou de volta seu cajado e se foi.

Um terceiro dia Deus pediu a Moisés e este foi ter uma terceira vez com o Faraó. Fez mais uma ameaça em vão, ignorada pelo monarca. Dessa vez, tocou a água do rio com seu cajado, e os peixes morreram e o rio tornou-se sangue. Mas os feiticeiros do Faraó tocaram as águas e fizeram o mesmo. Adoeceram o rio para provar que Moisés não podia muito mais do que eles mesmos.

Moisés fez subir do rio rãs que ali nunca viveram, buscando assustar o Faraó, mais uma vez seus feiticeiros fizeram o mesmo. Os animais tomavam conta das ruas e das casas.

Tocou Moisés a terra com seu cajado, e piolhos tomaram conta dos homens e dos bichos. O Faraó pedia que isso cessasse. Moisés disse que era preciso que ele acreditasse no Deus. Os piolhos se foram, mas o coração do Faraó se endureceu novamente. E Deus sabia que isso aconteceria porque ele determinou.

Moscas perturbaram o Egito. Os feiticeiros do Faraó não queriam provar que tinham igual poder, porque aquilo era muito cruel. Não conseguiam também tirar as pragas da cidade. Ninguém vivia em paz sem água, com pestes e desgraça.

Moisés pediu ao Faraó que o deixasse ir ter com Deus no deserto, e o Faraó o deixou ir, que praticasse sua fé, nada o impediria. Moisés pediu ainda a libertação dos escravos que eram de seu povo, ao que o Faraó recusou. E as pragas retornaram.

Os animais caíram doentes. O Faraó se assustava com tamanha crueldade. Como um Deus poderia causar tanto mal? Matar sua própria criação por Seus caprichos?

Moisés atacara então o Faraó com cinzas que se tornaram úlceras, nele e em todos os egípcios. E o Faraó não conseguia imaginar do que mais um Deus como aquele seria capaz. Por que não Se revelava a ele ali mesmo e resolvia isso?

O ÚLTIMO DIA DO AMOR 153

Uma chuva de pedras tomou o Egito e acabou com o campo e com os homens.

A pouca comida que sobrara foi atacada por gafanhotos.

"Não haveria piedade e clemência?", o Faraó pergunta a Moisés e é ignorado. Todos os dias, Moisés retorna apenas para exigir a humilhação do Faraó. Porque assim que o Faraó pedia perdão e mostrava estar disposto a mudar, o próprio Senhor endurecia novamente seu coração, para que voltasse atrás e visse as pragas destruindo tudo o que lhe fora querido.

Três dias de escuridão tomaram conta do Egito e o Faraó já não tinha forças para se humilhar perante Moisés e seu Deus. A fome e o desespero destruíam a terra do Faraó.

E mais uma desgraça ainda viria. Os filhos do Egito seriam todos mortos. O pouco de vida que sobrara naquela terra estava morta para sempre. Todo aquele que tinha um primogênito chorou.

Moisés e os seus saquearam o pouco que havia no Egito e se foram.

Impotente, o Faraó viu a desgraça destruir toda sua história, toda sua cultura e nada conseguiu fazer e nada mais poderia ser feito.

5

Antônio acordara cedo, aproveitando a luz do dia para verificar o fusível. Tinha certeza que era mais habilidoso do que Reynaldo com essas coisas. Mas suas tentativas não tiveram resultado. Ainda estavam sem luz.

Quando volta, encontra Dario acordado, mas não diz nada, deixando o "bom dia" do outro pairando no ar. Ainda está irritado com a maneira que Dario falou com a sogra. Mas no fundo estava se questionando sobre a Igreja do Último Dia do Amor de Cristo.

A religião não era Deus, realmente. Mas era o mais próximo Dele, não era?

A ideia de que poderia ser contra ações da Igreja era quase absurda. Antônio era do Exército — você não é contra nada, você aceita ordens de quem pensa e sabe mais do que você nas soluções. Ele estava preparado para defender o que era melhor para o país, com ordens vindas de pessoas acima dele. Aprendera a comandar, também, não teria chegado ao posto de Tenente se não tivesse aprendido nada. Mas ainda seguia ordens superiores.

Será que seguia? Afinal, tinha feito a esposa e a sogra desligarem os celulares antes mesmo de saírem de casa, assim como ele mesmo desligou. Não queria ser achado. Desde que ficara sabendo da revolta, não quis participar. Algo o impedia de tomar conta da cidade ao lado de alguns de seus colegas. Dissera a si mesmo várias vezes que ia deixar as duas na casa de Miguel e que voltaria, para ficar do lado dos amigos. Mas arrumara uma mala para vários dias assim como elas. No fundo, sabia que não queria fazer parte daquilo.

Havia também o conflito: teria sido covarde? Mas covarde é aquele que não tem coragem de lutar pelo que acredita. Será que ele acreditava mesmo que dividir o país era a coisa mais sensata a se fazer? Não tinha entrado no Exército justamente para defender o país, e uma revolta como essa, pedindo sua separação, não ia contra tudo o que acreditava?

Mas não acredita só no país. Acredita em Deus. Acredita na Igreja do Último Dia do Amor de Cristo. Mas por que era tão importante para os pastores que tivessem um país só para eles? Já não tinham conquistado espaço público, político e social? O cargo de governador era o mais alto que alguém da IUDAC já tinha alcançado, pensou. A presidência poderia ainda demorar um pouco, mas podia facilmente acontecer. Talvez não com Timóteo no comando.

Será que era esse o grande motivo? Estava sendo ingênuo de não perceber disputas políticas dentro das lideranças religiosas? Só não estava perto o suficiente para observar. Se no Exército acontecia, na Igreja com certeza também teria.

Deita ao lado de Rafaela, abraça a esposa que ainda dorme.

Dario, de pé, decide passar café para todos, organizando a mesa. Fazia tempo que não falava abertamente do que acontecera, ainda estava mexido. Demorara a dormir, um sono intranquilo. Não é que tinha parado de pensar em toda sua trajetória. Só tinha parado de falar dela. Escutar sua própria voz saindo da garganta, tremendo e ecoando pela cabeça tornava tudo real. A saudade, a tristeza.

O arrependimento também. Isso não queria admitir, mas muitas vezes sentia também arrependimento. Se tivesse aprendido a ficar calado na hora certa, não teria perdido a liderança de seu templo. Teria feito coisas com as quais não concordava, teria cometido até crimes, tanto na lei dos homens quanto na de Deus. Mas não teria perdido a mulher e o filho. Era um preço justo a se pagar? Sua dignidade em troca da família?

Não poderia jamais concordar com coisas que a Igreja havia lhe pedido. O que contara à família de Miguel era parte do que sofrera. Muito mais havia se passado. Mas pensa que não seria capaz de ter feito diferente. No fim, quem teria que acertar contas com Deus era ele mesmo, e não levaria a culpa que seus amigos e superiores estavam dispostos a carregar.

Na carne, na humanidade, no racional, era difícil conciliar esse sentimento. Mas se agarrava em suas certezas. Aprendera a amar a Deus por amar Sua criação, e por isso também precisava respeitá-la. Sendo seguidores da Igreja ou não.

"Se amares somente a quem os ama, que recompensa tereis", disse Jesus, em Lucas 6:32. Dario preferia interpretar a Bíblia favorecendo as passagens que falam de amor, de respeito, de entrega, de compaixão.

Reynaldo e Miguel logo aparecem na cozinha.

— Bom dia! Bom ver vocês cedo. Eu precisava mesmo conversar com os dois. Eu queria primeiro agradecer muito por me abrigar aqui. E começo já me desculpando, mas será que eu poderia ficar aqui mais um dia? Ontem à noite, antes de dormir, recebi uma mensagem de que minha carona não vai poder vir hoje. Ele só fica livre amanhã.

— Imagina, Dario — Miguel começa a responder.

— Claro que você pode ficar. Estamos com esses problemas, né? Sem luz, sem muito o que fazer. Mas ainda temos comida...

Ao falar isso, se dá conta de que a geladeira passara a noite sem funcionar. Abriu e começou a analisar. Potes com restos de comida dos dias anteriores já iam sendo separados na pia.

— Veja as carnes do congelador, provavelmente estejam só descongeladas, ainda dá pra aproveitar — Reynaldo comenta.

Berenice chega, cumprimenta a todos e se senta. Começa a comer, em silêncio.

— Antônio e Rafaela já acordaram? — Miguel pergunta.

— Antônio acordou pra ver se descobria alguma coisa na rede elétrica, mas não conseguiu, estão os dois dormindo agora.

Berenice trazia um peso ao ambiente toda vez que olhava para o filho.

— Seu filho é uma pessoa maravilhosa, Berenice — Dario fala, simplesmente, pegando todos de surpresa. Ela olha desconcertada. — Bem educado, preocupado com visitas, preocupado com o bem estar de todos. Rafaela é assim também, então presumo que tenha vindo da sua educação.

— Obrigada. Eu tentei.

— Eu só estava pensando nessas coisas. Como ele é uma pessoa boa, que qualquer um gostaria de ter por perto. "Não há boa árvore que dê mau fruto, nem má árvore que dê bom fruto", Lucas 6:43. Enfim, gostaria de caminhar um pouco aqui por perto da casa, andar pelo mato, tudo bem, rapazes?

Os dois acenam um "sim" com a cabeça, enquanto tentam não rir. Seguram o riso nervoso, de estarem se sentindo deslocados do que quer que fosse aquilo acontecendo na cozinha.

Dario sai levando uma caneca de café.

— Agora entendi porque ele é seu amigo — Berenice diz —, é um doido.

O casal vai separando carnes para fazer o almoço. Ainda têm batatas, cenouras, tomates que não tinham ido para a geladeira, além de várias massas que podiam fazer no fogão a gás tranquilamente. Reynaldo prepara pães para os dois. Coloca o dobro de queijo, com a desculpa de que precisa acabar logo com ele.

Quando Rafaela e Antônio chegam na cozinha, os dois já terminaram o café e decidem, como os outros no dia anterior, colocar cadeiras no lado de fora. Aproveitam um pouco do Sol e a companhia um do outro.

De longe, veem Dario na estrada. Ele acena para os dois, que respondem, antes de perceber que ele os está chamando. Os dois vão até ele.

— Queria conversar um pouco mais livremente com vocês, e seria impossível naquela casa, se é que me entendem. Você não sabia que eu era pastor, não é, Reynaldo?

— Não... eu não sabia... — Reynaldo responde, titubeante.

— E isso te incomodou? Seja sincero, não se preocupe.

— Sim, me incomodou — ele se sentiu seguro para responder. — Eu não sou um grande fã de pessoas que pautam tudo na vida baseados em religião.

— Entendo.

— E ouvir que você era pastor era uma certeza de que você estava aqui pra nos catequizar ou algo do gênero. Miguel escondeu isso de mim até o último minuto, porque sabia que eu não gostaria disso. Mas, com toda a família dele já aqui, também não faria tanta diferença.

— Amor — Miguel começa — desculpa ter escondido isso de você...

— Tudo bem, Miguel, depois a gente conversa sobre isso. Não estou nem mais brabo, depois de ter visto a discussão de Dario com a sua mãe — Reynaldo brinca.

— Eu não queria causar nenhuma briga entre vocês. Nem tirar sua razão. Vocês com certeza viram tantas coisas quanto eu que não ajudam vocês a terem uma visão melhor de crentes. Mas espero ter demonstrado que não sou o tipo de pessoa preconceituosa que se espera de qualquer religioso.

— Sim, fiquei surpreso.

— E Miguel, você ainda mantém sua religiosidade, não é?

— Um pouco. Eu ainda acredito em Deus, mas não consigo conciliar isso com religião. Você viu minha família.

— Não quero reforçar religião para ninguém, apenas entender como vivem a religiosidade, sabe? Eu convivi com pessoas bem diferentes e vi coisas incríveis e assustadoras também. Desde que saí da Igreja do Último Dia do Amor de Cristo, tenho entrado em contato com outras religiões. Muitos ateus também — diz, olhando para Reynaldo — e aprendido muito.

— Mas acho que a gente nem tem muito pra te dizer quanto a isso, Dario — Miguel afirma. — Eu não vivo mais nada da minha religiosidade, e Reynaldo nem acredita em nada!

— Mas isso é importante também. A mim, pelo menos, para entender como cada um vive essa religiosidade. Eu acho que o que todos buscam é algum tipo de evolução espiritual.

— Eu acho que o medo da morte deixa as pessoas insanas — Reynaldo pontua. — Fazem coisas inacreditáveis querendo salvar suas almas pra garantir que algo bom aconteça a elas depois que morrem, porque não sabem o que acontece, mas ainda assim valorizam o pós-vida muito mais do que a vida, a delas e a dos outros.

— Sim, isso tem um certo sentido para mim também. Mas olhando por outro lado, não só o medo da morte, mas as pessoas vivem também em função de saber que viveram uma vida que valeu alguma coisa. Talvez seja uma maneira mais otimista de colocar o que você disse.

— Certo — Reynaldo pondera. — Ainda assim, não consigo ver as pessoas se curvando a poderes religiosos obscuros e nocivos em busca de dar sentido à vida, porque o que mais falam é sobre evitar ir pro inferno!

— Certo, talvez sejam mesmo visões diferentes. Mas complementares.

— Talvez. Posso aceitar esse "complementares".

— Ótimo! — Dario exclama. — De muitas pessoas com quem conversei, Reynaldo, boa parte deles crê em Deus ou uma força maior. E isso movimenta a vida deles. Para alguns, é fundamental, não viveriam sem sua crença em algo. E eu entendo que essa crença muitas vezes vêm carregada de preconceitos, de problemas, dificultando tanto a vida de quem está dentro quanto para quem está fora da religião. Sei que muitos usam a religião para ter poder sobre os outros, até sobre países. Mas eu não posso deixar de ter fé nas pessoas. De acreditar que elas querem ser melhores, e que no fundo sabem que precisam ser boas umas com as outras. Ainda que acabem agindo errado, que sua compaixão seja muitas vezes seletiva. Estão dispostas a fazer o bem. Por medo do castigo, como você disse, ou por buscarem ser pessoas melhores, mais evoluídas espiritualmente.

E essas pessoas vão errar muito ainda. Mas no meu caso, achei que era melhor deixar bem claro o que eu via de errado na Igreja antes de sair. O que eles iriam fazer com aquelas informações, eu não tinha o controle. Mas fiz o que pude. Perdi muito, em contrapartida. Mas mantive minha fé. Não só a fé em Deus, mas a fé de que as pessoas podem melhorar.

Eu vejo em você muito dessa fé. Não religiosa, mas fé no bem, no poder de se conectar com as pessoas. No jeito que você trata Miguel, em como se preocupa com Rafaela. E imagino que outras pessoas não teriam a mesma paciência com Berenice e Antônio. Ainda que você tenha agido pensando no bem de Miguel. Achei isso lindo.

Reynaldo não sabe muito bem como agir, porque nunca tinha pensado dessa forma.

— E não esqueça. Acreditar em Deus não é ruim. Seu marido acredita. O que significa que podem ter mais pessoas envolvidas com a fé que sejam boas também, não é mesmo?

Miguel estava sorrindo. Fazia tempo que não discutia sobre fé com ninguém. Não achava que Reynaldo fosse ficar brabo. O marido sabia que ele ainda acreditava em Deus, mas ainda não se sentia confortável para dividir essas experiências. Talvez, esse fosse o primeiro passo.

— Eu entendo, Dario. Não é algo que eu tivesse pensado muito sobre.

— Você cresceu ateu?

— Não, fui educado como católico. Mas como você, fui vendo tanta coisa ruim feita em nome de Deus que não podia mais fazer parte daquilo. Foi uma transição fácil pra mim. Quanto mais pesquisava e estudava, mais atrocidades em nome da fé eu encontrava.

— Entendo. Mas veja, muitas coisas que são feitas em nome de Deus, na verdade são feitas em nome da religião, percebe?

— Hum, eu acho que sim. Não vou acreditar em nada por causa disso — se precipita — mas entendo.

— Tudo bem — Dario sorri. — Não falei essas coisas pra te convencer a acreditar. Mas, como eu disse, acho que todos buscamos um crescimento espiritual. Talvez o seu seja justamente acreditar que as pessoas fazem isso para o melhor.

E você, Miguel, quando estiver em dificuldade de conversar com Deus, porque não frequenta mais nenhuma igreja, não esqueça Coríntios 3:16: 'Não sabeis vós que sois o templo de Deus e que o Espírito de Deus habita em vós?'. Tudo o que você precisa está aí, no seu coração.

— Obrigado por me fazer pensar nessas coisas, Dario — Reynaldo diz.

Berenice estava na cozinha, preparando o almoço. Sentia-se mais relaxada prestando atenção na lida com os alimentos. Antônio tinha voltado para o quarto. Rafaela, distraída, ficava pensando no blog do irmão. Não havia nem luz na casa, não conseguiria ver nada. Mas, talvez, ainda houvesse um pouco de bateria no notebook.

A curiosidade era muito grande. Queria entender por que o irmão escrevia tanto sobre a Igreja, criticando-a. Ele dedicava provavelmente horas da vida àquilo. Era tudo mágoa do passado, de ter crescido ali e se sentido oprimido?

Entra sorrateira no quarto do casal. Liga o notebook. Ainda tem um pouco de bateria. Rapidamente encontra o blog. Ele tinha feito um post novo com um vídeo. Verificou rapidamente os títulos dos posts. Os mais recentes ela já tinha visto, procurou alguns de dois meses atrás. Eram muitos relatos negativos, e um bom tempo antes da revolta. Não conseguia mais se convencer de que os fundamentalistas eram apenas os dissidentes do Exército e alguns malucos. Eram pessoas como ela, e que deixavam crueldades serem cometidas.

Ela não se via nessas pessoas. Mas sabia que eram de sua religião. Por muito tempo foi omissa quanto a coisas que achava errado. Atitudes de irmãs da congregação, decisões dos pastores, até temas dos cultos. Mas não se questionava, engolia suas dúvidas.

O Pastor Cláudio era categórico em suas proibições. Não podiam se envolver com pessoas de fora da Igreja. Eram mundanas e perversas. Não podiam assistir filmes que não falassem da fé, nem ouvir músicas que não fossem louvores. E isso tinha se tornado um problema quando ela se viu ignorada pelas poucas amigas que tinha. Não conhecia mais ninguém, e as que conhecia estavam julgando-a. Talvez o medo do Pastor Cláudio não era o de que fossem envolvidos por coisas mundanas, mas que percebessem que estavam dedicando suas vidas apenas a ele e à Igreja, dando-lhe o poder de controlar suas vidas.

Pensou em Jesus que andava com os enfermos, os arrependidos dos pecados. Não era isso que faziam na IUDAC.

Inspirou-se um pouco por Dario. Ver que não precisava perder a fé para criticar o que achava ser errado.

E excluir pessoas, condená-las, era errado. Favorecer alguém por ser de sua religião não era correto. Não poderia mais ignorar isso.

O almoço fora mais uma vez silencioso, principalmente sem televisão. Mas, para Reynaldo e Miguel, mais leve. Estavam ainda processando todas as informações que Dario tinha-lhes comentado. E estavam felizes.

Berenice, mais uma vez, pegara uma cadeira e foi sentar-se do lado de fora da casa.

Dario a seguiu.

— Oi Berenice, posso conversar com você?

Ela o olha colocar a cadeira perto dela. Ao fundo, a mata com os mais diferentes tons de verde e o céu nublado.

— Seu filho é uma pessoa muito boa, sabe?

— Você disse antes.

— Sim, e queria repetir. Porque é verdade. Se for preciso dizer três vezes, eu digo.

— Já entendi. E discordo.

— Por que, Berenice? Porque ele não frequenta a Igreja?

— Se fosse só a falta de frequentar a Igreja...

— Você acha que Deus vai castigá-lo por ser gay?

— Eu não acho, está nas Escrituras.

— Certo. Mas você acha que essa é a melhor maneira de demonstrar sua preocupação?

— Eu não posso... Não falamos com pessoas que viraram as costas para a Deus.

— Mas não foi isso que ele fez. Ele virou as costas para a Igreja. É diferente.

— Eu entendo o que você fala. Mas não posso concordar.

— Tudo bem. Entendo. É só uma preocupação que eu tenho. Como te disse, eu também tenho um filho. E por causa de nossas diferenças, ele não fala mais comigo.

— Mas você tentou?

— Tentei, tentei muitas vezes, mas ele não queria saber. Achava uma vergonha ter um pai expulso da Igreja na qual ele vinha se destacando, lutando por um papel cada vez mais ativo e poderoso ali dentro. Veja, não brigamos, não tínhamos feito mal um ao outro, eu entenderia se fosse outro caso, como vejo brigas de pais e filhos por aí. Brigamos por causa da religião. Eu lembro disso com muita dor. Mas sei que fiz a escolha certa, porque Deus não apoiaria uma religião que usa seu nome para separar pai e filho.

— A Bíblia fala sobre educar os filhos e não deixá-los sair do caminho de Deus, e eu falhei.

— Não, Berenice. Você criou um filho educado, atencioso, bondoso, que atende as pessoas com seu coração. Ele é um homem bom, acima de tudo.

— Ele não é o filho que eu criei! Ele não é temente a Deus, ele não tem esposa e filhos como manda o Senhor...

— Mas agora você está falando de expectativas. Veja. Você criou seu filho de acordo com suas expectativas, daquilo que você esperava que ele fizesse. Isso é um erro muito comum. Não se pode esperar que os filhos tenham os mesmos desejos que você, os mesmos ideais.

— Mas... Eu o criei na Igreja, como que ele iria querer outra coisa? Se não fosse meu erro?

— Os desejos do coração são maiores do que isso. O importante é que você criou Miguel para ser um rapaz bom. Algumas coisas ele aprendeu por si só, é verdade. Mas sei que você tem muito a ver com ele.

— É muito difícil pensar que tudo o que eu sonhei pra ele, ele não fez.

— Essa pessoa que você sonhou não é o Miguel. O Miguel está aqui, agora, a poucos metros da senhora. Esse é o verdadeiro Miguel.

— Eu consigo escutar a voz de Manoel, prestes a morrer, pedindo para ver Miguel, e eu não entendia o porquê ele queria tanto ver nosso filho. Porque pra mim o Miguel que saiu de casa não era meu filho, não era aquele que eu queria que fosse! E meu marido morreu sem ver o filho e eu não fiz nada!

— Isso foi muito grave, Berenice. Mas você precisa aceitar. Esse aqui é o Miguel. Não perca seu tempo antes que seja tarde demais para conhecer e voltar a amar seu filho.

Dario estende a mão para Berenice, que segura forte, enquanto sua outra mão seca algumas lágrimas que rolavam pelo seu rosto.

Ela se levanta, vai em direção à porta. Quando abre, surpreende Miguel parado ali. Ele estava prestes a sair quando ouviu a conversa e parou.

Por um segundo, Miguel achou que Berenice o abraçaria. Mas ela estava estática, surpresa, envergonhada. Ele então abriu espaço para ela entrar. Ela passou direto por ele e foi ao banheiro.

Miguel nem olhara para Dario, fizera meia-volta e foi encontrar Reynaldo no quarto, onde o abraçou e chorou.

O dia foi escurecendo. A casa continuava sem luz. Antônio e Rafaela tinham passado a tarde deitados, com conversas bobas, sorrisos. Os dois passaram os últimos dias se questionando se a Igreja os fazia tão bem quanto deveria. Ela, isolada, sem apoio. Ele, obrigado a ir contra seus preceitos, contra aquilo que acreditava no Exército.

Mas naquele momento, não queriam pensar em mais nada. Só um no outro.

Reynaldo liga o celular para mandar uma mensagem para Maryela. Responder, na verdade, porque ela já tinha mandado diversas mensagens, preocupada. Ele fala sobre a queda de luz, que não tinha previsão de quando volta. Sempre assegurando de que estavam muito bem, obrigado. Como não sabe se vai precisar do celular em breve, e quer economizar bateria, avisa que vai desligar. Que no dia seguinte liga o celular de novo para dar notícias. E que ama a irmã muito.

Começa a desligar o celular quando chega uma mensagem, que ele lê por cima antes da tela escurecer: "Venham logo morar no Canadá, pfvr".

No momento, ele nem pensa em sair do país. A conversa com Dario tinha sido animadora, e depois que acalmou Miguel, o marido lhe contara da conversa que ouviu entre o pastor e a mãe. E achou aquilo positivo. Como se ela estivesse mesmo repensando o tratamento que havia dado ao filho nos últimos anos. Quem sabe o que poderia sair daquilo, mas parecia algo bom. Um perdão, ao menos.

Sabia o quanto um pedido de perdão da mãe era importante para Miguel.

Berenice resolve passar um café e deixa a garrafa térmica sobre a mesa, o aroma forte, convidativo, se espalha pela casa enquanto vai para o quarto. Todos encontram um caminho no escuro.

Logo estão na cozinha. O silêncio é, pela primeira vez, agradável, sem tensão no ar. Miguel, Dario, Rafaela, Reynaldo e Antônio. Trocam olhares, sorrisos.

Rafaela e o marido resolvem ir até a varanda da casa. Dario começa a conversar:

— Sabe, amanhã meu amigo vai poder me buscar.

O ÚLTIMO DIA DO AMOR 171

— Eu posso passar o caminho certo pra você, ele vem até aqui, se for mais fácil — Miguel diz.

— Sim, acho que ele vem até aqui, sim. Acho que essa vai ser minha última carona. Meu amigo está cada vez mais interessado em seguir pro Uruguai.

— Ele é da Fundação?

— Ele não trabalha como eu, mas ele ajuda com frequência. E vocês, já pensaram em mudar de país?

— Você diz, sair do Brasil e ir pro Uruguai? - Reynaldo questiona.

— Ou outro lugar, não sei. Nunca foi algo que passou na cabeça de vocês?

— Já, sim. Várias vezes. Minha irmã está no Canadá e fala com frequência para irmos pra lá.

— É porque, como estou indo, se vocês já pensaram sobre... Temos a Fundação Primeiro Dia, podemos ajudar a vocês se estabelecerem. Enfim...

— Eu não queria deixar o país. Eu amo o Brasil, mesmo que ele não me ame de volta — Reynaldo brinca. — É difícil, mas ainda é o país onde nasci, cresci. É o país onde conheci Miguel. E sair daqui seria admitir uma derrota ao invés de ficar e lutar para que seja um lugar melhor.

— Você tem razão. De qualquer maneira, serão sempre bem recebidos no Uruguai, certo?

Os dois agradecem e vão dormir.

Davi era o escolhido. Do pastoreio, chegou ao comando do Reino de Israel. O profeta Samuel fora indicado por Deus a identificá-lo. Ungiu-o de seus pés aos cabelos avermelhados, e o espírito do Senhor se apoderou de Davi.

E Davi serviu a Saul como seu pajem, conquistando o rei. E muitas provações foram impostas a Davi. Da invasão dos filisteus e o ataque de um gigante, que só Davi foi capaz de deitar por terra. E aos olhos do povo, ficara claro que a unção de Samuel indicava uma nova vida para o Reino.

Humilde, o guerreiro ainda era pastor e músico, acalmando a alma atormentada de Saul. O povo fazia homenagem ao novo herói. Até mesmo o filho de Saul adorava mais Davi do que ao próprio pai.

Saul o consagrou por suas conquistas. Assim como Jônatas. Jônatas o amou como à sua própria alma. A alma de um ligou-se à alma do outro. Jônatas despiu-se completamente, entregou às mãos de Davi suas roupas e suas armas, formando uma aliança. Não havia amor como o de Davi e Jônatas.

E ainda que Saul o tivesse reprimido e apontado como vergonha a seu pai e sua mãe, Jônatas não deixara de amar Davi.

Não havia admiração maior no Reino do que do povo por Davi. Os olhos de Saul eram irracionais e cheios de inveja. Tentara matar seu antes adorado Davi. Mas Jônatas o havia ajudado a escapar. "O que disser a tua alma, eu te farei", disse a Davi.

Jônatas fazia aliança à casa de Davi, bem como juras de amor à sua alma. Beijaram-se três vezes e suas lágrimas rolaram, as de Davi ainda mais numerosas e doloridas. Juraram lealdade às suas almas e seu amor, que passasse às suas gerações.

Davi formou um exército leal, transformando homens miseráveis em guerreiros. Ainda que em grande desavença, Davi se recusava a matar Saul para conquistar o Reino. Foge de Saul a todo tempo e não reencontra mais Jônatas.

A nova tribo nômade de Davi vive de saquear os ricos e dividir espólios. Davi trata sua tribo como família, ensina a união entre guerreiros e a honra entre irmãos. São invencíveis.

Os filisteus invadem o Reino de Israel. Saul perece, e seus filhos o acompanham na morte. Ao saber da morte de Jônatas, Davi lamenta e proclama luto. Reúne as heranças de Saul e entrega ao filho de Jônatas, como prometera ao amado em vida que celebraria toda sua história.

Honra a Saul como o rei que havia sido, e honra Jônatas como o grande guerreiro e amigo. Pede ao povo que chore por Saul, enquanto ele mesmo chora por Jônatas. E ordena que se registre: excepcional era o amor de Jônatas por Davi, ultrapassando o amor de mulheres.

E Davi teve seus filhos e governou sobre as doze tribos, nenhum dos seus sendo tão honroso quanto ele. A unção que recebera de Deus o colocou na linhagem de Seu próprio filho.

E nem Davi e nem Jônatas foram condenados por Deus.

O amor de Davi e Jônatas era compreendido apenas por eles. Nem Saul, nem o Reino, nem ninguém seria capaz de compreender como suas almas se uniram. Ninguém além do próprio Deus que ungira o homem que a outro homem amou.

6

Miguel acorda com a luz do quarto. Reynaldo sente a claridade, mas apenas vira para o lado e volta a dormir. Miguel levanta e apaga a luz. Vai até a sala, onde Dario também está acordado, as luzes todas acesas.

A energia voltou.

— Sem celular a gente pode até não acordar cedo, mas que dorme melhor, ah se dorme... — Dario comenta, fazendo Miguel rir.

Arrumam a mesa juntos.

— Miguel, eu queria mais uma vez agradecer.

— Imagina, você agradeceu várias vezes, já.

— Sim, mas não só por ter me deixado ficar aqui. Obrigado por ter me recebido na tua casa, na tua família, por ter se aberto, me escutado, conversado comigo. Foi uma experiência especial, isso. Obrigado mesmo.

Dario abraça Miguel, que se emociona.

O resto da casa vai acordando. Reynaldo, Dario e Miguel colocam seus carregadores nas tomadas. Notícias de amigos, estão todos bem.

Uma garoa fina marca a manhã, impedindo que alguém vá para o lado de fora da casa. Ligam a televisão.

Líderes do Exército e dos dissidentes entram em acordo, as revoltas vão parar oficialmente. Um perdão foi oferecido a todos os envolvidos, caso cessassem naquele mesmo dia o domínio de ruas e prédios públicos. Alguns poucos ainda resistiam, mas eram convencidos — ou forçados — pelos próprios companheiros dissidentes.

A situação deveria ser normalizada até o dia seguinte, no máximo.

Dario reúne suas poucas coisas e fica esperando, enquanto vê o tempo abrir. O Sol vai iluminando o dia. Um carro aparece na estrada, vindo na direção da casa. Dario começa a abraçar a todos e dizer seu adeus.

— Berenice — ele chama para a entrada da casa, antes dos outros — sabe por que a Fundação Primeiro Dia tem esse nome? Porque quando uma Igreja celebra o Último Dia do Amor de Cristo, ela não está pensando no amanhã. Aquele Dia que vínhamos conversando, não é hoje. Aquele Dia do Julgamento não há de chegar agora, não deixe te assustarem com isso. Deixe seu coração te guiar, e não seu medo. Ame seu filho, certo?

Dario agradece, mais uma vez, a hospitalidade de Reynaldo e Miguel, antes de entrar no carro do seu amigo. Um homem negro de seus quarenta e poucos anos, vestido todo de branco com guias coloridas no pescoço. Um religioso, de outra religião. Veem os homens se abraçando com enormes sorrisos, como velhos amigos.

O carro segue seu caminho.

Antônio e Rafaela vão para o quarto. Ele olha para ela, segura suas mãos:

— Você viu a notícia, né? Já devemos estar prontos pra ir pra casa. E com essa história de perdão geral, não vou precisar nem explicar minha ausência.

— Eu já tinha até pensado em um plano, de dizer que você foi levar eu e mamãe para outra cidade e ficou preso. Afinal, até luz faltou por dias.

— Verdade! — Antônio se diverte ao ver a esposa sorridente, ativa, criativa. — Mas acho que nem precisaremos. Na verdade eu já vinha pensando em voltar. Ficar aqui era me acovardar. Eu precisava tomar uma posição e enfrentá-la.

— E o que você tinha pensado?

— Eu não iria com os dissidentes, não. Preciso defender o que eu acho certo, mesmo que não seja o que a Igreja espera de mim.

— Eu entendo e concordo.

— Está na hora de voltarmos pra casa.

Antônio liga o celular, ignorando as centenas de mensagens e ligações perdidas. Liga para o Coronel, ignorando seu Capitão, porque sabia que o Capitão estaria buscando o perdão do Exército agora. Tudo corria bem em Curitiba, não haviam mais ruas tomadas. Seu Coronel parecia decepcionado pelo seu sumiço, mas ao mesmo tempo estava satisfeito por Antônio não ter aderido aos dissidentes.

Não é fácil para Antônio decepcionar seus comandantes. Mas aos poucos voltaria a lutar pelo que sempre acreditou.

— Eu queria dizer uma coisa também — Rafaela o surpreende. — Quando voltarmos, eu não quero voltar pra IUDAC. E quero voltar a trabalhar. Ainda não sei com o que, só não quero ficar em casa, sozinha, me lamentando. Quero viver.

Antônio sorri.

Berenice acabara ficando na cozinha com Reynaldo e Miguel.

— Estou fazendo um bolo de chocolate pra vocês — Berenice comenta. — É daqueles prontos, mas é bom. Eu faço uma calda também.

— Obrigado, mãe — Miguel fala, ainda receoso, mas desejando muito o contato com a mãe.

— Eu acho que, pelo que passou na TV, a gente vai embora logo. Os dois também devem querer ir.

— Sim.

— Bom, obrigada por ter recebido a gente aqui. Não foi ideal, eu sei. Nem avisamos, nem nada. Eu fui ríspida, e não foi assim que eu te criei. É difícil pra mim. Você ouviu a conversa ontem.

— É, eu ouvi...

— Eu não vou me repetir, então. Mas é isso, meu filho, obrigada.

Fazia muito tempo que Miguel não ouvia sua mãe o chamar de "meu filho" sem que parecesse arrogante, irritada ou que estivesse precisando dele. Parecia afetiva, mesmo. Ele conseguia ver que era duro para ela enfrentar tantos conceitos e pré-conceitos para poder falar desse jeito com ele.

Era o mais próximo que teria de um pedido de desculpas, pelo menos por enquanto. E o aceitaria.

Berenice vai até o quarto, onde Rafaela e Antônio contam sobre a situação normalizada, que já podem voltar para casa.

Arrumam suas coisas. Rafaela vai até o irmão, avisando que já tomaram a decisão de ir embora, iriam aproveitar o meio da tarde para chegar em casa antes de anoitecer.

— Obrigado, irmão, por tudo mesmo. — Com o celular agora ligado, anota os contatos de Miguel e Reynaldo. — Pra gente se falar.

— Tudo certo, então? — Antônio chega na sala, carregando mochilas. Antônio cumprimenta Reynaldo e Miguel com um aperto de mão e um aceno de cabeça.

Rafaela os abraça forte, agradecendo mais uma vez.

Os dois seguem para o carro, levando as coisas de Berenice, que caminha devagar.

— Bom — ela diz, se virando para Miguel — obrigada, meu filho. — Ela o abraça forte, ele responde, emocionado. Os dois ficam um tempo nos braços um do outro. Até que ela diz: — Desculpa.

Soltam os braços. Ela vai na direção de Reynaldo, o abraça também, deixando-o surpreso.

— A Rafaela pegou seu telefone? — Berenice começa a falar, titubeante, até um pouco desconexa. Mas Miguel entende. — A gente vê se, alguma coisa... Um Natal, a gente se vê, algo assim. Tchau.

Reynaldo abraça Miguel, os dois acenando.

Miguel está muito emocionado, e Reynaldo não o larga. Ficam abraçados, no sofá da sala. Miguel sorrindo.

— Você acha que ela vai querer ver a gente, mesmo? — pergunta, receoso, mas com esperança.

— Eu acho, do jeito que ela falou — Reynaldo responde. — Sua mãe não é uma pessoa que falaria algo assim se não estivesse disposta, mesmo, certo?

— Verdade.

Já de noite, Miguel recebe uma mensagem de Rafaela, dizendo que chegaram bem em casa. A cidade estava um pouco caótica, mas voltando a se organizar. Sem revoltas, sem dissidentes.

Miguel atualiza o blog, comentando da situação se normalizando. Lê alguns depoimentos. Mas ainda está aéreo. Pensativo sobre tudo o que acontecera naquela semana.

Come o bolo de chocolate com Reynaldo antes de dormirem, abraçados, como se não fossem se soltar nunca mais.

Maryela manda uma mensagem para Reynaldo: "Fiquei sabendo q acabou essa palhaçada. Mas não pense q vou deixar de te importunar p vir p cá! Quero o Tio Rey e o Tio Mi aqui com meu bebê!". O irmão sorri, sente saudades dela, só Maryela para o fazer rir nessas horas.

Nem chegam a pensar em sair do país. Querem acreditar que o Brasil ainda pode ser um país melhor. Que Miguel possa arranjar um emprego, que possam recuperar seus direitos. Que possam simplesmente viver suas vidas em sua própria terra.

O sétimo dia ficou sendo o último dia. Depois do trabalho, o descanso. Um dia santo para o corpo e para a alma.

O último dia seria um novo começo. Toda vez que se chegasse ao fim, a vida recomeçaria. A chuva cairia de novo, lavando a terra, crescendo as plantas. O movimento das marés levava os peixes do escuro mais profundo até a superfície, as aves riscariam os céus contra o vento. As criaturas, das menores às monstruosas, cresciam, morriam e renasciam no último dia.

O sopro da vida envolvia desde as pedras, inertes, até o rio turbulento. Das folhas à raiz, as plantas estavam cheias de vida. Tudo era energia.

O humano surge do barro e do movimento, cresce e perece. Faz parte de um ciclo do primeiro dia até o último e novamente ao primeiro.

A vida fez-se, a vida se faz.

7

Miguel acorda cedo mais uma vez. De bom humor, passa café, abre a porta, vai até o lado de fora da casa. O Sol nasceu há pouco, a manhã amarelada vai dando espaço ao azul aos poucos.

Pensa em como seria Deus. Sua imagem e semelhança, dizem. Abre os olhos para notar a natureza à sua volta, o morro cheio de vida, o vento que levava as nuvens lentamente. E agradece. Coisas ruins aconteceram em sua vida, muitas, mas isso não o impedia de agradecer pelas coisas boas. Ainda estava tentando entender como funcionaria essa sua relação com Deus. Estava disposto a tentar.

De repente, sente mãos abraçando-o por trás, o calor do corpo de Reynaldo encostado nele. Beijam-se, abraçados.

Uma nova vida se faz.

Esta obra foi composta em Stempel Garamond
e impressa em papel pólen 80 g/m² para a
Editora Reformatório, em novembro de 2022.